Versuche
über Brecht

本雅明作品系列

试论布莱希特

［德］瓦尔特·本雅明 著

曹旸 胡蔚 译

北京师范大学出版集团
BEIJING NORMAL UNIVERSITY PUBLISHING GROUP
北京师范大学出版社

目　录

贝托尔特·布莱希特

胡蔚　译

　　若有人声称要对在世的作家给出不偏不倚、冷静而又公正的评价，那总是有失诚意的。这倒并不完全，或者也许并不主要是因为个人的品格问题——同时代的评论者不可避免地会受到对方影响力各种各样的辐射，却几乎无法有意识地对之进行反省——而是科学的问题。但是，这并不意味着，在品评同时代人时，人们只能信马由缰，将联想、轶事和类比胡乱敷衍成文。恰恰相反，当文学史的研究方法在此失效时，发挥作用的只能是批评的方法。人们越是远离廉价的堂皇套话，越是坚决地对作品的现实层面进行探索，批评方法便越是严格。比如在布莱希特的例子上，避而不谈其作品内在的危险性、他的政治立场，或者甚至隐瞒他的剽窃事件，都是幼稚颟顸之举。如此一来，反而失去了进入作家作品的路径。展开上述棘手问题，并且对作家的理论依据、言论，甚至外在形象提出观点，这要比那种依照时间顺序一口气罗列作家作品的内容、形式和影响的做法更为重要。因此，我们不必因为以布莱希特的新书作为本文的开端而感到良心不安，对于一个文学史家而言，这样做显然不妥，但批评家却有充分的理由，尤其是这本新书——名为《尝试》(Versuche)，由柏林基彭霍伊尔(Kiepenheuer)出版社出版——算得上是他最为生硬难懂的作品，这迫使我们勇敢地正视整个布莱希特现象。

若是有人直截了当地要求《尝试》的作者面对自我，就如同他对笔下的主人公所要求的那样，人们会听到他的回答："我拒绝'自由地'使用我的天分，我只愿意用它来从事教育、政治和组织工作。所有针对本人文坛形象的指责——剽窃者、刺儿头、破坏分子，无一不是对我这个正大光明的人在文坛之外默默无闻但又计划周密的工作的褒奖之词。"无论如何，布莱希特是在德国写作的人当中少有的会仔细思量必须将自己的天分放在哪里，并只将自己的天分用在自己坚信有必要的事情上的人，而在所有不值得他花费精力的地方，他都会打退堂鼓。《尝试》就是这样一处动用了布莱希特天分的地方。不同寻常之处在于，这本书的重要性使得布莱希特愿意暂时放弃他的"作品"，如同一位工程师在沙漠里开始用钻头寻找石油，他在沙漠一般的当下世间，经过精密测量后，找准了入手之处。他在这本书中找到的值得钻探一番的对象是戏剧、轶事、广播——以及其他对象有待以后处理。"《尝试》的出版，"作者写道，"正好在这样一个时间点上，某些工作不再那么是个人的经历（失去作品的性质），而更多地是以利用（改造）某些实体和虚体机构为目的。"并非宣称革新，而是计划某些更新。这类文学根本不再需要一种无意改变世界、不与理智结盟的作者情感。它知道自己唯一可能获得的机会就是成为一个改造世界的多元化过程中的副产品。它在这时出现了，而此过程中意义无法估量的主产品却是一种新的态度。利希滕贝格(Lichtenberg)有云："重要的不是什么东西说服了一个人，而是说服了一个人的信念使他变成了什么样。"这个变成的"什么样"就是布莱希特所说的——态度。这态度是新的，它最新的地方在于，它是可以学会的。"《尝试》的第二册《科伊纳先生的故事》(Geschichten vom Herrn Keuner)，"布莱希特写道，"是一次试图将姿态变得可以被引用的尝试。"但是，可以被引用的不仅有科伊纳先生的姿态，经过训练以后，《林德伯格们的飞行》(Der Flug der Lindberghs)中的学生的姿态、利己主义者法策尔①的姿态，也同样是可以引用的。而且，他们身上可以引用的不仅有姿态，同样还有伴随姿态的话语。这些话语的使用也要训练，也就是说，先是被记住，而后被理解。它们首先发挥了教育作用，而后是政治作用，最后才轮到它们的文学价值。

---

① 法策尔(Fatzer)，布莱希特于 1926—1930 年所写的同名戏剧片段的主人公。

以上寥寥几句话几乎过于密集地集中了布莱希特作品中所有重要的主题，在这番急行军之后，我们大可以要求放松一会儿。放松在这里意味着，在布莱希特笔下的诸多形象中搜寻一番，找出几位最能够体现作家意图的人物。首先，我要在这里提到上文所说的科伊纳先生，他在布莱希特的最近一部作品中才崭露头角。这个名字从何而来，我们暂且不去管它。让我们先谈谈布莱希特曾经的同事孚希特万格（Lion Feuchtwanger）的看法：科伊纳（Keuner）的名字中隐藏着希腊语词根 κοινός——普遍的，关乎所有人的，属于所有人的。事实上，科伊纳先生也是关乎所有人且属于所有人的，也就是说，他是元首。只不过，他与人们通常想象中的领袖形象不符；完全没有演讲家的风采，不会煽动群众，不会制造气氛，也不是个强有力的人。他与人们今天通常理解中的领袖相距几里之远。因为科伊纳先生是位思想者。我想起了布莱希特描摹出的科伊纳先生有朝一日出场时的模样，如果他真的会走到台上的话。人们会把他安置到一个担架上，因为这位思想者不愿费劲，然后他会默默地、似看非看地注视着舞台上的场景。因为当下的特征之一，便是思想者根本不能关注周围世界的许多状况。根据他的所有行为举止，人们根本不会将他这位思想者与希腊的智者，严格的斯多亚主义者，或者伊壁鸠鲁学派的生活艺术家相提并论，而是要联想起瓦雷里（Paul Valéry）

笔下那位毫无情绪、纯粹的思想者台斯特先生①。他们两人身上都有些中国人的特征。两位都是无边的狡猾、无穷的沉默、无尽的礼貌，极其之老成，又极能随机应变。与他的法国同事完全不同的是，科伊纳先生有一个一刻都不会忘记的目标。这个目标就是新的国家。这是一个具有深刻哲学和文学根基的国家，正如人们所了解的孔夫子的那个国家。为了避免在中国人那里逗留过久，我们还要补充的是，在科伊纳先生身上，还会发现耶稣会修士的特征。这完全不是偶然。因为人们对于布莱希特笔下的人物类型研究得越细致——我们在科伊纳先生之后还将考察另外两个人物——就会越来越清晰地看到，这些充满力量和活力的人物类型，代表着怎样的政治模型，或者用医学术语来说，怎样的医用人偶。他们身上共同的特点是，他们理性的政治行为并非由于仁爱、博爱、理想主义、高贵精神或者类似原因，而只是基于各自的立场。这立场的出发点可以是可疑的，不友善的，或者是自私的。但只要那位持有此种立场的男人不自欺，只要他诚恳面对现实，那么这种立场会进行自我更正。这并非道德上的更正——这人不会变得更善良，而是社会行为上的更正，他的行为使他成为有用之人，或者，正如布莱希特在另一处所云：

① 瓦雷里《台斯特先生》(*Monsieur Teste*)的主人公。

所有的恶习都有其有用之处

只有那实施恶习之人一无是处。

    科伊纳先生的恶习是，他冷漠而固执。这样的恶习有什么有用之处呢？它的好处在于，能够使得人们清楚地意识到在面对所谓元首、思想家或政治家时，在阅读他们的书或听他们的演讲时，自己的前提是什么，然后尽可能彻底地质疑和反思这些前提。事实上，有整整一大捆前提，一旦将它们捆在一起的那条绳子松开，它们就会散落一地。而这条绳子便是坚定地相信：总有部门已经彻底考虑过了，我们完全可以放心。担任相关职务并由此领取薪水的人负责为所有人思考，熟悉所有相关流程，一刻不停地工作，排除可能存在的怀疑与模糊之处。人们若要否定这一点，甚至也许还可以证明，自己并非如此认为，那么读者便会因此而心绪不宁。因为这会使人们陷入不得不独立思考的尴尬境地。而科伊纳先生的兴趣集中于去指出：问题和理论、论点和世界观的丰富是虚构的。它们彼此之间之所以互相扬弃，既非偶然也不是由于思想本身的原因，而是为了将思考者安置在他们岗位上的人们的利益。——读者会问，思想会迎合某种利益么？思想不是中立的吗？——某种不安会笼罩在观众的心头。如果是为了某些人的利益考虑，谁能够保证，这些人包括他自己呢？于是，绳子松开了，读者那些捆在一起的前提散落一地，被打上了问号。值得思考么？思考有用么？在现实生活中有什么用？对谁有用？——全是直白的问题，显然。可是我们，科伊纳先生说，不必害怕人们问得直接，我们已经为这些直白的问题准备了最精妙的回答。因为我们与那些人的关系是这样的：他们知道如何提出精确而细致的问题，但他们得到的答案如此之多，没有经过筛选的答案几乎对任何人都没有什么用，却几乎对所有人都造成了损害，这些答案如同泡沫般堵塞了问题的河道。而我们相反问得很粗，但是答案只有在经过了三次筛选之后才能被留下来。这就是精确简明的答案，不仅能够清晰说明事实，而且表明了说话人的立场。以上是科伊纳先生的说明。

这位科伊纳先生，如前所述，是布莱希特笔下最近出现的一位人物。我们现在谈论几个老面孔，也算不得突兀。也许您还记得，我曾说起过布莱希特作品中的危险，现在科伊纳先生要小心了。他既然已经成了诗人家里每日的座上宾，他必然会如同我们所希望的那样，撞上其他客人。他们与科伊纳先生完全不是同类人，会把科伊纳随身给诗人带来的危险赶跑。他会碰上巴尔、尖刀麦基、法策尔、一大群流氓和罪犯，他们出没于布莱希特的剧本里，是布莱希特令人惊奇的《家庭祈祷书》（*Hauspostille*，普罗皮莱恩出版社，柏林）中那些小调真正的演唱者。这些流氓和歌曲出自布莱希特早年的奥格斯堡时期。那时他与朋友和同事内尔（Caspar Neher）①等人为伍，在那些奇特的旋律、粗犷而又令人心碎的反复吟唱中，布莱希特找到了在他后来的剧本中反复出现的主题。来自那个世界的有酒鬼、杀手和诗人巴尔，还有自私鬼法策尔。如果我们认为，这些人物只是作者用来吓唬别人的道具，那就错了。布莱希特在巴尔和法策尔身上用意深远。对他来说，尽管他们是自私和反社会型的人物，但是将反社会型的青年黑帮分子塑造成潜在的革命者，是布莱希特自始至终的追求。这不仅源于布莱希特对于这类人物个人的认同，也有一分理论上的考虑。如果说马克思面对的问题是，在完全不诉诸道德的前提下，如何从革命完全的反面资本主义中发展出革命，布莱希特则将这一问题具体到人类社会：他要让自私自利、毫无道德观念的坏人自己变成革命者。正如瓦格纳要在试管中，用魔法药水制造出人造小人，布莱希特要从充满下流和堕落的试管中制造出革命者。

　　第三，我要以加利·盖为例，他是喜剧《人就是人》（Mann ist Mann）的主人公。他刚被妻子差遣出门去买鱼，就碰上了三个英联邦印度雇佣兵，他们在洗劫一个佛塔的过程中，走丢了队伍里的第四个兵。他们满心要尽快找个替代者。加利·盖是个不会说不的男人，他跟着这三人，不知他们要对他做些什么。一

---

　　①　内尔（Caspar Neher，1897—1962），德国舞台设计师，布莱希特的中学同学，与布莱希特多有合作。

步一步地，他接受了战争里一个男人必须有的行头、想法、态度、习惯；他整个人从里到外都变了样，连与来找他的妻子，他也不再相认，最后他成了控制埃尔德豪威尔(Sir El Dchowr)要塞的一个令人惧怕的战争狂人。这一切有何缘由，您可以从下面的这段曲子里探得个究竟：

> 贝托尔特·布莱希特先生声称：人是人。
>
> 这样的话，每个人都会说。
>
> 但是贝托尔特·布莱希特先生还证明了，
>
> 一个人可以随意改造成任何模样。
>
> 今天晚上，有个人像辆汽车一样被改装，
>
> 他没有丢掉任何零部件。
>
> 这人的人性让人着迷，
>
> 有人再三请求他，没有让他感到难堪，
>
> 适应这个世界运转的轨道，
>
> 让他的小小私欲(鱼)畅游，
>
> 贝托尔特·布莱希特先生希望，您会把您脚
>
> 下的土地
>
> 看作是滑溜溜的雪地，
>
> 您会在搬运工加利·盖身上发现，
>
> 地球上的生活有多危险。

这里所说的"改装"——我们已经看到，布莱希特称之为一种文学形式。写下的东西，对他来说，并非作品，

而是机器，是工具。文字站得越高，就越有易相、改装、变形的能力。对于伟大经典文学的观察，尤其是对于中国古典文学的阅读，使他意识到，对于文字提出的最高要求，是它的可引用性。值得一提的是，这句话为剽窃理论提供了理由，它让那些傻瓜很快就喘不过气来。

谁若想用三言两语总结布莱希特最根本的特点，抓住以下这句话，不失为聪明的做法：他创作的对象是贫穷。表现思想者如何使用现有的少量恰当的思想，写作者如何运用为数不多的精妙的表述方法，政治家如何利用人类短缺的智力和执行力，这便是他所有工作的主题。"不管它做了多少，"林德伯格们这样说他们的飞行器，"都一定够我们用。"紧紧贴近紧巴巴的现实——这便是口号。贫穷，科伊纳先生想，是一种保护色，它能够使人尽可能地贴近现实，没有富人能做到这一点。这当然并非梅特林克（Maurice Maeterlinck）神秘主义的贫穷，也非里尔克所云方济各会的贫穷，"因为贫穷是来自内在的伟大的光芒"——布莱希特的贫穷更多地是一种制服，恰到好处地赋予有意识穿上它的人以威严。这是一种，简单地说，机器时代人类肉体和经济上的贫穷。"国家应该富有，人类应该贫穷，国家应该有义务具有多种能力，个人应该被允许能力不多。"这就是布莱希特所说的贫穷的普适性人权，他在作品中探讨贫穷所具有的丰富创作价值，展现出贫穷潦倒可怜的形象。

我们的讨论还没有结束，而是暂时中断。女士们，先生们，每家好的书店都会帮助你继续我们对布莱希特的观察，如果没有上述思考，也许还能进行得更为彻底些。

1930 年

布莱希特评论选

曹旸　译

　　贝托尔特·布莱希特是一个难以把握的现象。他拒绝"自由地"运用他伟大的写作才华。所有针对他文坛形象的指责——剽窃者、刺儿头、破坏分子，无一不是对他这个正大光明的人作为教育者、思想者、组织者、政治家、导演在文坛之外默默无闻但又明显可感的工作的褒奖之词。无论如何无可置疑的是，布莱希特是在德国写作的人当中，唯一一个会仔细思量必须将自己的天分放在哪里，只将自己的天分用在他坚信有必要的事情上的人，而在所有不值得他花费精力的地方，他都会打退堂鼓。《尝试》第一册到第三册就是这样一处动用了布莱希特天分的地方。不同寻常之处在于，这本书的重要性使得布莱希特愿意暂时放弃他的"作品"，如同一位工程师在沙漠里开始用钻头寻找石油，他在沙漠一般的当下世间，经过精密测量后，找准了入手之处。他在这本书中找到的值得钻探一番的对象是戏剧、轶事、广播——以及其他对象有待以后的处理。"《尝试》的出版,"作者写道,"正好在这样一个时间点上,某些工作不再那么是个人的经历(失去作品的性质),而更多地是以利用(改造)某些实体和虚体机构为目的。"并非宣称革新,而是计划某些创新。这类文学根本不再需要一种无意改变世界、不与理智结盟的作者情感。它知道自己唯一可能获得的机会就是成为一个改造世界的多元化过程中的副产品。它在这时出现了,而此过程中意义无法估量的主产品却是一种新的态度。利希滕贝格有云:"重要的不是什么东西说服了一个人,而是说服了一个人的信念使他变成了什么样。"这个变成的"什么样"就是布莱希特所说的——态度。这态度是新的,它最新的地方在于,它是可以学会的。"《尝试》的第二册《科伊纳先生的故事》,"布莱希特写道,"是一次试图将姿态变得可以被引用的尝试。"阅读故事的人会发现,书里引用的是贫穷、无知、无能的姿态,可以算作所谓专利的创新都发生在小事上。因为科伊纳先生是一个和慈善家的理想无产者形象尖锐对立的无产者:他并不内敛。他寄希望于唯一一条道路,即充分发展困苦所强加给他的态度,以消灭困苦。但是,可以被引用的不仅有科伊纳先生的姿态,经过训练以后,《林德伯格们的飞行》中的学生的姿态、利己主义者法策尔的姿态,也同样是可以引用的。而且,他们身上可以引用的不仅有姿态,同样还有伴随姿态的话语。这些话语的使用也要训练，也就是说，先是被记住，而后被理解。它们首先发挥了教育作用，而后是政治作用，最后才轮到它们的文学价值。尽可能地促进教育作用，尽可能地阻遏文学价值，这就是评论的目标，下面的评论给出了一个试样。

I

离开你的岗位。
胜利是战斗赢来的。
失败是
战斗赢来的：
现在离开你的岗位。

胜利者，重新潜入深处。
曾经危险的地方，也
钻入了欢呼声，
不要再待在那里。
在失败的叫喊最响的
地方等它响起：
在深处。
离开你的旧岗位。

压低你的声音，演讲者，
你的名字会从黑板上
擦去。你的命令

"失败……"——与其说属于自私鬼法策尔，毋宁说是给了他。胜利者不会把失败的经历赐予被战胜者，而是要给自己弄来，和被战胜者分享失败。这样，他就主宰了局面。
"重新潜入……"——"不给胜利者荣誉，不给失败者同情。"苏俄一副木板烙画上的铭文。

不会被执行。要允许
新的名字出现在黑板上
遵守新的命令。
（你，不再发号施令，
不要煽动不服从！）
离开旧岗位。

你力不能及
你不够老练
现在你有经验又足以
胜任
现在你能够开始了：
离开岗位。

"要允许……"——近乎残忍的
严厉被礼貌所渗透。礼貌是难
以抵抗的，因为人可以感觉
到，礼貌为什么会用在这里。
礼貌要引导最弱小的、最卑鄙
的人（在这种人身上让读者一
眼就认出自己的本心）做出最
伟大的、最重要的工作。这礼
貌是给切腹自尽的人递上绳套
所体现的礼貌，它的沉默无言
还给同情留下了余地。

"现在你能够开始……"——
"开始"是辩证地更新，它并不
表现为勃发，而是表现在一次
停止中。至于行动？人离开他
的岗位。内心的开始＝停止某
些外在的东西。

你，执掌各部的，
快点燃火炉。
你，没空吃饭的，
给自己煮锅汤。
你，万人传颂的，
从 ABC 学起。

"你，执掌各部的……"——这
里体现的是，苏联将干部在差
别极大的各部门之间来回调动
的实践，在当事人身上释放出
了多大的能量。"从头开始"的
命令有辩证的含义：第一，学

从现在开始——
接手新岗位。

习，因为你什么都不会；第
二，思考基础，因为你已经
（由于经验）而变得足够智慧而
能够思考基础；第三，你能力
弱，你被撤职了。别放在心
上，你才会变强起来，你有的
是时间。

被打倒的人逃不开
智慧。
用力沉下去！学会害
怕！接着沉！最底下
有教益等着你。
你已被提了太多问题
现在一起听群众
无价的教导：
接手新岗位。

"沉下去……"——法策尔必须
在无望之中找到立足之处。找
到立足之处，而不是希望。安
慰和希望没有关系。布莱希特
给他安慰：人如果知道他是怎
样陷入了无望，就能在无望当
中生活，因为这样他无望的生
活就是重要的。在这里陷入最
底总意味着：抓住事物的根本。

II

桌子已经完成了，木匠。
让我们把它搬走。
现在不要再刨来刨去
油漆活儿也停下来
别谈它好还是差：
管它什么样我们都要
带走它。

"木匠……"——想象这里有一
个性情怪僻的木匠，他对自己
的"作品"永远都不满意，不能
下决心把成品交出去。如果诗
人都能与他的"作品"相分离，
那么这里也要求政治家得有同
样的态度。布莱希特对他们

我们需要它。
把它交出来。
你已经完事了，政治家。
国家没有完成。
让我们把它改变
按照我们自己生活的
条件。
政治家，让我们做政
治家。
你的法律写着你的名字。
立法者，忘掉名字，
留心你的法律。

维持秩序者，请直面
秩序。
国家不再需要你，
把它交出来。

说：你们是手工艺爱好者，想
把国家做成自己的"作品"，但
是你们没有搞明白，国家不应
该是艺术品，不应该有永恒的
价值，而应该是一种合用的
东西。

"把它交出来……"——林德伯
格们谈到他们的机器时也是这
么说的："它们完成了多少，就
够我们用多少。"口号是：紧紧
贴近紧巴巴的现实。智慧的人
教导说，贫穷是一种保护色，
使穷人比任何富人都更切近
现实。

1930 年

布莱希特评论选　**17**

什么是叙事剧？[第一稿]

——对布莱希特的一项研究

曹旸　译

今日戏剧中的核心问题，更多地取决于戏剧与舞台的关系，而不是戏剧与剧本的关系。问题在于把乐池填平。乐池这道深渊，将演员和观众就像死者和生者一样隔断；这道深渊，它的沉寂在话剧中增添庄重，它的声响在歌剧中增添迷醉；这道深渊，在舞台的所有组成部分中，最不可磨灭地保存着舞台的神圣起源的痕迹，现在它已经失去了作用。舞台依旧高耸，但再也不是从不可测的深处升起；它变成了一方讲台。在讲台上要演起剧来，这就是现状。但是经营者就像对待其他很多状况那样，力图掩盖而不是考虑这一现状。各种悲剧和歌剧依旧写个不停，貌似还有一套久经考验的舞台机器可供它们支配，然而实际上只不过是将它们自己供应给老朽的舞台机器。"音乐家、作家和批评家一头雾水，不清楚他们的处境，这会带来可怕的后果，却没有引起什么重视。他们以为自己占有一套机器，实际上是这套机器占有他们。怀着这个信念他们保卫这套机器，实际却不再能控制它。这套机器不再像他们仍相信的那样，是生产者的工具，反而成了反生产者的工具。"布莱希特的这番话旨在清扫今日戏剧仍建立在文学之上的幻想，这种幻想既不符合市场热门剧，也不符合布莱希特自己的戏剧。在这两种戏剧中，文本只起仆从的作用：在前者服务于维持经营，在后者则服务于改变现状。怎样才有可能做到后一点呢？存不存在为讲台而创作的戏剧——因为讲台已成了舞台——或者，存不存在如布莱希特所说的为"公共宣传机构"而创作的戏剧呢？如果存在，它有着怎样的性质？大概在政治主题剧的形式中，"时事剧"（Zeittheater）找到了正确运用讲台的唯一可能途径。不管这类政治剧曾怎样起作用，在社会层面上，它只是促使无产阶级群众挺进到戏剧机器原本为资产者所创造的那个位置。舞台和观众之间、文本和表演之间、导演和演员之间的作用关系则几乎没有改变。彻底改变它们的尝试，正是现在叙事剧出发的起点。对叙事剧的观众，舞台不再是一个"代表整个世界的木架"（即一个魔屋），而是一个搭建得当的展览空间。对叙事剧的舞台，舞台观众不再意味着一群被催眠的试验对象，而是感兴趣的人的集会，舞台必须满足他们的要求。对叙事剧的文本，表演不再意味着精湛的诠释，而是严格的检验。对叙事剧的表演，文本不再是基础，而是坐标系，表演作为全新的表达在上面描画出来。对叙事剧的演员，导演不再指示要达到哪些表演效果，而是给出表明立场的要点。对叙事剧的导演，演员不再是一个需要全身融入角色的戏子，而是一个需要盘点清理其角色的干部。

显然，功能的上述改变要建立在组成成分的改变上。要检验这种改变，最近在柏林上演的布莱希特的寓言剧《人就是人》提供了最佳契机。多亏剧院经理莱加尔（Ernst Legal）勇敢而睿智地鼎力相助，这出戏不仅是柏林近年来出现的排练最精确的演出之一，同时也是迄今独一无二的叙事剧样板。是什么阻碍着职业批评家认清现实，总会浮出水面。一旦首演的躁动气氛烟消云散，观众就会不再受任何职业批评家的左右，而开始进入这部喜剧。因为认识叙事剧时所遇到的困难，实际不过是叙事剧贴近生活的表现，而与我们的存在毫无关系的实践使理论在巴比伦之囚中憔悴萎顿，以至于科洛（Willi Kollo）的一部轻歌剧的价值相比于布莱希特的一个剧本的价值，更容易用学院规范的美学语言说明。何况，布莱希特的这部戏剧为了完全服务于新舞台的构建，随心所欲地对待文学创作。

叙事剧是姿态的戏剧。它在多大程度上具有传统意义上的文学性，是一个固有的问题。姿态是叙事剧的原料，将这一原料合目的地运用是叙事剧的任务。一方面相对于人们彻头彻尾的谎言和假话，另一方面相对于人们的活动的多层次和不透明，姿态有两个优越点。第一，姿态只在一定程度上是可伪造的，而且这个姿态愈是不引人注目，愈是合乎习惯，它就愈是难以伪造。第二，姿态与人们的活动和事业相反，它有一个可确定的起点和一个可确定的终点。人的每一个举止虽然作为整体处在生命的长流之中，而它每一瞬间的框架分明的严格的封闭性又是姿态辩证的基本现象之一。由此可以得到一个重要的结论：越是频繁地打断一个行动着的人，就会得到越多的姿态。因此，中断行动（情节）对于叙事剧来说至关重要。这种中断就是布莱希特式的歌曲在形式上的任务，这些歌曲都带有粗朴的、直击人心的副歌部分。不用预先对文本在叙事剧中的作用进行复杂的研究，就可以断定，在某些地方文本的主要作用在于中断——而远不是解释或推进——情节。而且中断的不仅是别人的行动，也正是自己的行动。中断具有阻滞的性质，框架具有插入的性质，从而使姿态的戏剧成为叙事剧。

有人说，叙事剧的任务不是充分展开很多情节，而是展现各种状况。叙事剧艺术的所有口号几乎都无人问津空自回荡，唯独这一句至少引起过误解。有必要对此说明几句。上面所说的种种状况，表面上看不过就是之前的理论家所说的"社会环境"（Milieu）。如果这么理解，叙事剧的要求就可以概括成重启自然主义戏剧。但是，终归没有人幼稚到真这么主张。自然主义的舞台也正好是一个讲台，它是完全幻想性的。自己是戏剧的意识并不能给它带来成果，它反而要像所有充满动力的舞台一样，驱除这种意识，以便一心一意地专注于描摹现实这个目标。叙事剧与此相反，从它就是戏剧的这一事实中不停地获得鲜活的、有创造力的意识。这种意识使叙事剧能够依照一个试验计划处理现实的要素，种种状况是试验的结果，而非试验的开端，因而不是被拉近到观看者面前，而是与观看者保持距离。观看者认出种种状况都是现实中的，不会像看自然主义戏剧一样感到满足，而是感到惊愕。通过这种惊愕，叙事剧以艰难而纯洁的方式，向苏格拉底式的实践致敬。惊愕的人当中萌发出兴趣；只有在惊愕的人当中兴趣还处在原初阶段。叙事剧尝试着将这种原初的兴趣直接变成行家的兴趣，这实在是再典型不过的布莱希特的思维方式。叙事剧面向感兴趣的人，他们是"没有理由思考就不思考的人"。而且这种态度，完全是他们和群众共有的态度。布莱希特努力完全不通过"教育塑造"的途径让群众像行家一样对戏剧感兴趣，这毫无疑问贯彻了他的唯物辩证法。"很快就会有一座坐满了行家的剧院，就像体育馆里坐满了行家一样。"

叙事剧并不再现各种状况，而是去发现它们。发现状况是借助中断进程而实现的。一个最简单的例子：一个家庭场景。突然闯入一个陌生人。这时妇人正要抓起一个枕头砸向女儿；父亲正要打开窗户，想叫警察来。就在这一刻，门口出现了这个陌生人。"画面"（Tableau）——1900 年前后常用的一个词，就是说，这个陌生人撞上了这样的状况：乱成一团的床铺、敞开的窗户、砸得稀烂的家具。但从某种视角来看，即便是市民生活中更平常的场景，其实也与之相差无几。我们的社会秩序遭破坏的程度愈甚（我们自己和我们理解社会弊病的能力愈受损害），那个陌生人的距离也就愈加显著。在布莱希特的作品集《尝试》中就有这样一个陌生人——一个施瓦本的"乌有先生"（Utis），希腊的奥德修斯到访独眼巨人波吕斐摩斯的洞穴时，就是如此自称的。[①] 科伊纳——这个陌生人就叫这个名字——也一样闯入了"阶级国家"这个独眼巨人的洞穴。他们两人都诡计多端，一样能屈能伸，饱经风霜；两人都是智者。现实中的挫败让奥德修斯一开始就告别了一切乌托邦理想主义，一心只想着回家；科伊纳则从没出过家门。他从他背朝大街的五楼的住处走出来的时候，喜欢上了他庭院中的树。"你为什么不去森林里呢，要是你，"他的朋友问他，"喜欢树的话。""我说的难道不是，"科伊纳先生回答道，"我喜欢的是我院里的树吗?"把科伊纳先生这位思想者搬上舞台，这就是叙事剧这一新戏剧努力的工作，布莱希特曾建议将科伊纳躺着抬到场上（他几乎没有在这里出现过）。人们会不无讶异地发现，这种做法有着多么悠久的历史起源。

---

① 参见《荷马史诗·奥德赛》9.364—367。奥德修斯自称 Utis，在古希腊语中有"无人"的意思；而"科伊纳"（Keuner）在布莱希特故乡的施瓦本方言中也是"无人"（Keiner）的意思。

因为自希腊人开始，欧洲舞台对非悲剧性主人公的追寻就从未停止，虽然有古典的全面复兴，伟大的戏剧家们却尽可能与悲剧的原本形态即古希腊悲剧保持最大的距离。这条路怎么在中世纪经过罗斯维塔（Hrotsvitha）和宗教神秘剧，后来在格吕菲乌斯（Andreas Gryphius）、伦茨（Jakob Lenz）、格拉贝（Christian Dietrich Grabbe）那里显露，歌德在《浮士德》第二部中怎么与这条路相交——不是在此处展开的问题。也许可以说，这是一条最德意志的路。如果它可以称作一条路，而不是一条隐蔽的走私小道，正是沿着这条小道，蜿蜒越过崇高又贫瘠的古典群峰，中世纪戏剧和巴洛克戏剧的遗产才到达我们这里。这条羊肠小道今天尽管仍旧荒凉芜乱，但终于又在布莱希特的戏剧中重见天日。德意志传统之一便是非悲剧性主人公，他悖谬的舞台存在必须要由我们自己的实际存在来兑现。这一点当然不是由批评家们，而是由当代最优秀的人——卢卡奇和罗森茨威格（Franz Rosenzweig）这样的思想家——很早就认识到了。卢卡奇二十年前曾写到过，柏拉图就已认识到了至高的人即智者的非戏剧性。① 柏拉图还在他

---

① 参见〔匈〕卢卡奇：《小说理论》，燕宏远、李怀涛译，26～27 页，商务印书馆，2012。原文为："悲剧英雄替换了荷马史诗中活生生的人，并正好解释和神化了他……柏拉图的新人，即有其行动性认识能力和能创造本质观察力的智者，不仅揭示了英雄，而且照亮了英雄已战胜了的黑暗危险，并用超越英雄的办法使英雄神化……"

的对话录中将智者引到戏剧的门前。如果有人觉得叙事剧比对话录更具戏剧性（但也不总如此），那么正因如此，叙事剧不能稍逊哲学性。

叙事剧的形式与新技术形式即电影以及广播相适应。叙事剧立足于技术的前沿。如果说电影中已经逐渐贯彻了下列原则——观众必须随时可以"进场"、要避免复杂前提设定、每个部分除了它对于整体的价值之外必须有作为插入部分的自身的价值，那么广播由于有随时任意开关喇叭的听众，贯彻这些原则更是极其必要。叙事剧则将同样的成就引入舞台。叙事剧中本质上不存在迟到的观众。这一特点同时预示着，叙事剧在作为社会活动的戏剧中取得的突破，要远远大于它在作为夜间娱乐产业的戏剧中制造的断裂。如果说，在卡巴莱剧场资产者混同于波希米亚人，在歌舞杂耍中大资产者和小资产者之间的鸿沟也整晚消弭不见，那么在布莱希特那放映机前烟气缭绕的剧院，无产者们才是常客。对他们而言，布莱希特要求在《三毛钱歌剧》中扮演挑选假腿的乞丐的演员，表演得"仅仅为了这段节目，人们也想要在它发生的时刻重返剧院观看"，这样的要求没有什么奇怪。内尔所作的投影，与其说是舞台装饰，不如说是这些节目的招贴画。招贴画完全属于"文学化戏剧"的组成成分。"文学化意味着通过'文字表述'完成'形象塑造'，使戏剧有可能同其他的精神活动机制建立联系。"这里所说的机制甚至包括书籍。"就连脚注和翻书参照的做法，也要引入戏剧。"内尔投影的图象上画了什么？布莱希特写道，这些图象"通过在马哈哥尼城的真正老饕的背后映出图画的老饕，表明对台上事件的态度"。不错，但是谁能对我说，演出来的比画出来的更真实？我们完全可以让演出来的老饕背后坐着真的老饕，也就是让后面画出来的比前面演出来的更真实。也许只有这样做，才能达到如此排布的场景所特有的强烈效果的关键。更强大的力量隐匿在幕后，一些演员作为它们的代理人而出现。这就像柏拉图的理念为万物确立模型。那么内尔的投影就是唯物主义的理念，真实"状况"的理念，无论这些投影多么接近台上事件，投影轮廓的颤动依然还是会泄露，它们为了清晰易懂，都截取自多么贴近日常生活的现实。

通过文字表述、招贴画、字幕将戏剧文学化——这些做法和中国戏剧实践的亲缘关系是布莱希特所熟知的，以后还会单独论述——将会而且应该"消除舞台表演中耸动视听的题材"。沿着同样的思路，布莱希特更进一步考虑到，叙事剧演员所演的事，是不是必须要众所周知的。"如果是这样，那么历史事件便是首选。"但是在故事进程中必然要有一定程度的自由，重点不应放在备受瞩目的重大决策上，而应放在不可通约的、个别的事物上面。"事情可以是这样，也可以完全是另一个模样。"——这是叙事剧写作者的基本态度。他对待故事情节犹如芭蕾舞教师对待女学生，第一步就是让她将全身关节放松到极限。他要像斯特林堡

(August Strindberg)写历史剧一样，远远地避开历史的和心理的陈规俗套。斯特林堡就有意识地努力尝试过一种叙事的、非悲剧性的戏剧。如果说他关于个体存在范围的剧作重启了基督受难剧的范式，那么他的历史剧以其力度非凡的批判思维和入骨讽刺，为姿态的戏剧开辟了道路。就此而言，斯特林堡《通往大马士革》的受难之路和说唱剧《古斯塔夫·阿道夫》(*Gustav Adolf*)构成了他戏剧创作的两极。只要从上述视角出发，就可以认识到布莱希特和所谓"时事剧"之间存在的富有成果的矛盾，布莱希特力图在他的"教育剧"中克服这个矛盾。教育剧是假道叙事剧的迂回道路，政治主题剧必须顺应叙事剧。托勒(Ernst Toller)或兰佩尔(Peter Martin Lampel)之辈的戏剧则不走这条弯路，它们与德国的伪古典主义极为相似，"赋予理念以首要地位，让观看者渴求一个一直确定的目的"，"也就是制造一种日益增长的对供给的需求"。这些人从外部来戳破我们所处的各种状况，与之相反，布莱希特则让各种状况辩证地自我批判，让各种状况的不同要素合乎逻辑地彼此相对充分演绎，他的剧作《人就是人》中的搬运工加利·盖，就正是我们社会秩序的种种矛盾上演的现场。或许，按照布莱希特的看法，也不妨将智者定义为辩证法的完美现场。无论如何，加利·盖是一个智者。他介绍说自己是一个搬运工，"不喝酒，不怎么吸烟，几乎没什么嗜好"。他帮一个寡妇搬筐子，不懂得寡妇想要夜里酬答他的意思："老实说，我想买一条鱼。"然而他被设定为一个"不会说不"的人。这也是智慧的。因为这样他就让存在的矛盾进入了归根结底唯一将克服矛盾的领域——人的身上。只有"同意"的人有改变世界的机会。这个智慧的孤僻者、无产者加利·盖就这样同意抛弃自己的智慧，同意与英国殖民军队的暴徒为伍。他本来按妻子的吩咐去买鱼，结果一出家门就撞上英国驻印部队的一支小分队。他们洗劫一座佛塔的时候，走失了小队中的第四个人。剩下的三个一门心思只要尽快找到一个人替补。加利·盖是一个不会说不的人，他跟着这三人，也不知道他们要拿他怎么办。他一步步地形成了一个人在战争中所必须要有的思想、态度、习惯；他被彻彻底底地重装，根本不与认出了他的妻子相认。他最后成了威震四方的武士、埃尔德豪威尔要塞的征服者。男人就是士兵①，搬运工就是雇佣兵。他以雇佣兵的本性做事，与之前以搬运工的身份做事并无不同。人就是人，这不是说人忠诚于自身的本质，而是说人随时可以接受新的本质。

别说你到底姓甚名谁。说这些有什么意义，
既然说出来的总是别人的名字。

想法何必喊得响，忘掉吧。转眼间它又成了别的什么。

---

① "男人就是士兵"原文即"人就是人"，布莱希特的剧本标题利用了 Mann 这个单词兼有"男人"和"士兵"的双关义。

已经不存在的，就不用再去回忆。

叙事剧质疑着戏剧的娱乐属性；叙事剧剥夺戏剧在资本主义秩序中的功能，从而动摇戏剧的社会作用；叙事剧威胁着——这是第三点——批评家的特权。批评家的特权在于专业知识，专业知识使他们能够对导演和表演做出特定的评论。而评论所随意使用的标准，极少受到他们自己的检验。他们只用信赖无人深究细节的"戏剧美学"，就可以为自己省去检验标准的麻烦。但是如果戏剧美学不再藏于幕后，而是把观众变成自己的广场（Forum），它的标准不再是对个人神经的影响，而是整个听众的组织程度，那么今天这种批评家就不比群众有任何优势，而是远远落在了群众后面。在这个时刻，群众在辩论中、在负责任的决断中、在有理有据地表态的尝试中，产生了分化；在这个时刻，"观众"这个虚假的、迷惑人的总体开始瓦解，使得它的体内有空间产生出不同党派，这正对应着现实中党派林立的形势——在这个时刻，批评家正遭遇双重的悲惨命运，即目睹着自己作为代理人的属性不仅大白于世，而且同时破产失效。批评家——仅仅因为召唤整个"观众"——这种幽暗不明的形态的观众还仅存于戏剧中，在电影中则早已显著地不复存在——不管批评家自己意愿如何，他都成了古人所说的"剧场政体"①

---

① 剧场政体（Theatrokratia），可参见柏拉图《法律篇》第3卷700a—701b的论述。

的辩护士：建立在条件反射和耸动视听上的群氓统治，这其实正与负责任的集体的表态截然相反。观众抱着这种态度，起作用的就会是"更新"，拒绝承认任何其他想法在这个社会中是可以实现的，因而反对一切"革新"。这里所抨击的是一种基础的观念，它认为艺术只能"蜻蜓点水"，只有低级趣味（Kitsch）才能涵盖生命经验的全部广度，而且这个做法只适用于下层阶级。抨击这个基础观念同时也是在批驳其特权——这一点批评家们已经感觉到了。他们在关于叙事剧的争论中不过是作为一个朋党而发声。

舞台的"自我检验"当然必须要有这样的演员，他们看待观众根本不同于驯兽员看待他们笼中的野兽，他们的表演效果不是作为目的而是手段。俄国导演梅耶荷德（Meyerhold）最近在柏林被问到，他认为他的演员到底哪里不同于西欧的演员，他回答道："有两点。第一，他们会思考；第二，他们唯物主义地，而不是唯心主义地思考。"只有在不仅传播认识而且生产认识的戏剧中，剧院是一个道德机构的说法才是合理的。叙事剧通过将演员引向认识的表演方式，进行对演员的教育；演员的认识反过来不仅决定着表演的内容，而且凭借速度、停顿和重音决定着他的整个表演。但是这里所说的不是表演风格的问题。相反，《人就是人》的节目说明中写道："叙事剧的演员承担着多种功能，根据演员功能的不同，他的表演风格也要随之改变。"但大部分变化的可能性受辩证法的支配，所有风格上的要素也要服从于辩证法。"演员必须表现一个事物，也必须表现自己。通过表现自己，他自然地表现事物；通过表现事物，他表现着自己。尽管二者同时进行，但不能完全混同以至于两个任务的对立（差别）消失不见。""把姿态表演成可引用的"，是演员最重要的工作，他必须像排字工人排字一样排开他的姿势。"叙事剧剧本是一座必须以理性观察的建筑，事物必须在它当中得到认识，因此它的表演必须迎向这种观察。"叙事剧导演的最高任务，就是表现被表演的动作与整个表演所给人的情节之间的关系。如果说马克思主义的全部教育方法由教育的、学习的活动之间起作用的辩证法所决定，那么叙事剧的情况也与之相似，舞台上被表现的事件和舞台上的表现活动，构成了持久的对立冲突。叙事剧的第一律令就是"表现者"——上文所说的这种演员——"要被表现"。这个说法也许会让有的人回想起蒂克（Ludwig Tieck）老旧的反思戏剧学。证明这种看法的谬误，将等于沿着螺旋阶梯攀爬到布莱希特理论的绳索台。这里只需指出一点就足够了：浪漫派的舞台用尽他们一切反思的技巧，也永远不能正确地对待辩证法的元关系，即理论与实践的关系，它以自己的方式所作的努力，和今天的时事剧同样徒劳。

　　如果说旧戏剧的演员不时作为教士身边的"丑角"登场，他们在叙事剧中则与哲学家并肩。他的姿态展示着社会意义，展示着辩证法的适用性，检验着人的各种状况。没有对社会肌体的具体洞见，导演在排练时所遇到的困难就得不到解决。但是叙事剧所追求的辩证法并不依赖于场景的时间序列，相反，它在一个个姿态的因素中就已经显现出来，这些因素是所有时间序列的基础，而且称之为因素并不准确，因为它绝不比那些序列更加简单。内在固有的辩证立场，正是在状况中——作为人的姿势、行动和言语的摹本——电光石火般显明的东西。叙事剧所揭示的状况，是静态的辩证法。就像黑格尔认为时间进程不是辩证法之母，而只是辩证法自我显现的媒介，同样在叙事剧中，辩证法之母不是各种意见或各种行为方式充满矛盾的进程，而是姿态本身。同样的姿态两次把加利·盖请到墙边，一次是为了把他换装成士兵，另一次是为了把他枪毙。两次同样的姿态，一次让他放弃买鱼，另一次让他又买下大象。这样的发现会满足常看叙事剧的观众的兴趣，有了这些发现，他们钱花得才值当。该剧的作者在说明这种戏剧何以不同于通常的娱乐戏剧是一种更严肃的戏剧时，正确地指出："我们把那些敌对我们的戏剧骂作满足口腹之欲的玩意时，就让人产生了这样一种印象，好像我们自己的戏剧反对一切娱乐，好像我们只把教和学当作索然无味的事情。为了打击对手，经常会削弱自己的观点，而为了激进命题暂时更强的论战效果，则会牺牲论证内容的全部广泛性和有效性。如果仅仅采取论战的形式，也许可以取得胜利，却无法取代被战胜者。实际上我们所说的认识事物的过程，本身就是妙趣横生的。人能够通过特定的方式得到认识，这本身就会带来成就感；而且，人既不能全部也不能彻底被认识，他不能简单地被穷尽，而是包含着、隐含着诸多的可能性（因而具有发展能力），这样的事实也是一种有趣的认识。人能够被所处的环境改变，自己又能够改变所处的环境，也就是说，依照预期的目的对待环境，所有这一切都带来一种快乐的感觉。当然，这不是把人看作某种机械的、能够毫无保留地装配到一个部件上的、不会反抗的东西，如同今天特定的社会状况所导致的那样。惊愕，在这里必须置于亚里士多德关于悲剧作用的公式中而理解，应该完全被视为一种能力，而且是可以学习的一种能力。"

现实中的生命之流阻断的时刻，由于停止行进，让人觉得就像是倒流：惊愕就是这倒流。它真正的对象是静态的辩证法。从一块岩石上，可以向下凝望万物之流，在那"永远人满又无人居住"的耶胡①城，有一支唱万物之流的歌，它的开头是：

> 你别待在浪里，
>
> 浪拍击脚丫，谁只要

---

① 耶胡（Jehoo）可能是布莱希特戏剧《圆头党和尖头党》（*Die Rundköpfe und die Spitzköpfe*）中虚拟的国名 Jahoo 的笔误。该国因生产过剩而陷入动荡，这个名字自斯威夫特《格列佛游记》中慧骃国的人形牲畜耶胡（Yahoo）。

站在水中，就有

　　新的浪拍向他。

　　但是如果万物之流拍向那惊愕的岩石，那么人类
生活和语言就没什么不同，两者在叙事剧中都只是波
峰而已。叙事剧将此在从时间的河床高高激起，让它
在虚空里光芒四射地停留片刻，只是为了重新落在河
床上。

1931 年

叙事剧理论研究

曹旸 译

　　叙事剧是姿态的戏剧。准确地说，姿态是原料，叙事剧就是对原料的合目的的利用。如果承认这个说法，就会产生如下两个问题：第一，叙事剧从哪里获取它的姿态；第二，怎样理解"对姿态的利用"。随之而来就有第三个问题：叙事剧按照怎样的方法加工和评判姿态。

　　对于第一个问题：姿态要从现实中找。更确切地说——这是一个重要的判断，和戏剧的性质密切相关——只从今天的现实中找。请设想有人写作一部历史剧，那么我敢说：只有当他能够将过去的事件意蕴深长又简明易懂地融入今天的人也可以表演的当代的姿态中时，他才会成功完成任务。从这个要求中，我们可以认识到历史剧的可能性和局限。能够确定的是：其一，被模仿的姿态是没有价值的，除非有人恰恰质疑模仿过程中的姿态；其二，历史上的姿态，比如教皇给查理大帝加冕的姿态、查理大帝接过皇冠的姿态，除了被人模仿，今天再也不会出现。那么叙事剧的原材料就仅仅是今天还能找到的姿态，这种姿态要么是一场行动中的姿态，要么是对一场行动的模仿中的姿态。

对于第二个问题：一方面相对于人们彻头彻尾的谎言和假话，另一方面相对于人们的活动的多层次和不透明，姿态有两个优点。第一，姿态只在一定程度上是可伪造的，而且这个姿态愈是不引人注目，愈是合乎习惯，它就愈是难以伪造。第二，姿态与人们的活动和事业相反，它有一个可确定的起点和一个可确定的终点。人的每一个举止虽然作为整体处在生命的长流之中，而它每一瞬间的框架般的严格的封闭性又是姿态辩证的基本现象之一。由此可以得到一个重要的结论：越频繁地打断一个行动着的人，就会得到越多的姿态。因此，中断行动（情节）对于叙事剧来说至关重要。这种中断里包含着歌曲为整个戏剧发挥的效益。不用预先对文本在叙事剧中的作用进行复杂的研究，就可以断定，在某些地方文本的主要作用在于中断——而远不是解释或推进——情节。而且中断的不仅是别人的行动，也正是自己的行动。中断具有阻滞的性质，框架具有插入的性质，从而使姿态的戏剧成为叙事剧。接下来应该讨论，怎样在舞台上对如上预备好的原材料——姿态——加以处理。在舞台上，情节和文本只不过作为试验规定中的可变因素发挥作用。

那么，试验结果会向哪个方向发展呢？

这是第二个问题的又一种提法，回答它离不开对第三个问题的分析：采取怎样的方法加工姿态。这些问题揭示了叙事剧的真正的辩证法，这里只需指出辩证法的几个基本概念。下列关系首先就是辩证的：姿态和环境相互之间的关系，表演的演员和被表演的人物相互之间的关系，演员遵奉权威的态度和观众的批判态度相互之间的关系，具体被表演的动作和任何一种表演中都能看见的动作相互之间的关系。以上所列举的例子已足以说明，所有这些辩证的因素，都从属于遭到长期遗忘以后在叙事剧中被重新发现的最高的辩证法，即认识和教育的关系所决定的辩证法。叙事剧所带来的所有认识，都直接地具有教育作用，同时，叙事剧的教育作用也直接地转化为认识，当然，演员得到的和观众得到的具体认识可能并不一样。

1931 年前后

戏剧和广播

——论二者的教育作品的相互作用

曹旸 译

"剧院和广播台"——客观地说，同时看到这两个机构，人们也许不会产生二者协调一致的感觉。虽然二者之间的竞争关系不像广播台和音乐厅之间的那么尖锐，但无论是广播日渐普及，还是戏剧日蹙的景象，人们都见得太多，以至难以想象二者之间存在共同的作品。然而，这种共同的作品确实存在，而且长时间以来就存在着。这种作品——现在只需指出——只可能是教育性的作品。西南德广播电台①的鼎力支持，开启了这类作品的创作。舍恩（Ernst Schoen），电台的艺术指导，率先关注到了布莱希特和他的文学合作者、

---

① 西南德广播电台（Der Südwestdeutsche Rundfunk），始建于 1924 年，今天德国的黑森广播公司（Hessischer Rundfunk）的前身，在魏玛共和国时期曾邀请布莱希特、本雅明、阿多诺等人参与节目的制作。

音乐合作者近年来引发讨论的作品。并非偶然的是，这些作品——如《林德伯格的飞行》（*Lindberghflug*）、《巴登教育剧》（*Das Badener Lehrstück*）、《说是的人》（*Der Jasager*）、《说不的人》（*Der Neinsager*）等——一方面毫无疑问按照教育学原理改编过，另一方面又以最原创的方式展现出戏剧与广播的连接点。这种基本特性很快就证明了它的承载力，不仅类似于广播连续剧的结构可以广泛用于教育类广播节目，如豪普特曼①的《福特》（*Ford*），而且日常生活中的问题——教育问题、成功之道、婚姻难题——也要在正例与反例之间用决疑法处理。这类"样板广播剧"的创作——作者是本雅明和楚克尔（Wolf Zucker）——同样得到了法兰克福广播电台（与柏林广播电台共同）的推动。其传播范围之广使我们理所应当更准确地认识这一系列作品的基础，防止产生种种误解。

谁要是探究上述问题，就不可能忽视最近在眼前的因素，也就是技术。我们不妨把所有眷恋感伤的情绪都抛诸脑后，直截了当地断定，和戏剧相比，广播不仅是更新的技术，而且是更招摇的技术。广播不像戏剧身后有一个古典时期；广播所俘获的群众数量也要大许多；最重要的是，广播的设备赖以成立的物质

①　豪普特曼（Elisabeth Hauptmann，1897—1973），德国女作家，1924年以后与布莱希特长期共事，参与了《三毛钱歌剧》等作品的创作。

基础和广播的节目赖以成立的精神基础，为了满足观众的兴趣紧紧地结合在了一起。戏剧有什么可与之抗衡的呢？不外乎是运用了活生生的材料。处在危机中的戏剧想要发展，最关键的大概还是要从这个问题出发：在戏剧中运用活人意味着什么？对此的回应有截然相反的两种观点，一种落后的，一种先进的。

第一种观点根本不觉得有必要重视这场危机，它认为，整体的和谐依然完满无缺，而人就是整体的和谐的代表。在它看来，人有伟大的力量，是万物的主宰，是有个性的个体（这个人大概是最后一个雇佣劳动者吧）。这个人的活动空间就是今天的文化圈，而且他在圈子里以"人性"的名义纵横恣肆。不论这种骄傲的、自信满满的、更不考虑自身危机的人性，是否和世上的真人一样，不论这种大资产阶级的戏剧（这种戏剧最尊崇的豪绅刚刚从历史舞台退场）现在是否把按照新方法改编的穷人戏剧或者奥芬巴赫（Jacques Offenbach）的歌剧当作自己的基础，这种"人性"总是作为"象征"、作为"总体"、作为"艺术作品整体"而得以实现。

上面我们提到的，是典型的修身戏剧和消遣戏剧。二者看似对立，但只是富裕阶层的生活中互补的两种现象。富裕阶层接触到的所有东西，总能带给他们刺激。但是这些戏剧徒劳无功地动用复杂的机械、千百的龙套，要在吸引力上与票房百万的电影一较高下，徒劳无功地搜罗古今东西的所有剧目，而电台、影院仅用极简易的设备，就能在演播室、摄影棚中为中国古代戏剧以至超现实主义实验戏剧留下一席之地。在广播和电影凭技术统治的地方，与之竞争是毫无希望的。

戏剧与广播、电影的斗争并不像上述这般，我们更应注意的是先进的戏剧。布莱希特最早提出了这种先进戏剧的理论，并将其命名为叙事剧。"叙事剧"是彻底清醒的戏剧，尤其在运用技术上保持清醒。此处不打算展开叙事剧理论，也不详细论述，叙事剧对姿态的发现和塑造绝非将广播、电影中的关键手法蒙太奇从一种技术问题变回一种人性问题。叙事剧的原则和蒙太奇的原则一样都在于中断，仅此而已。只是要注意，这里的中断不具有刺激的性质，而有教育的功能。它通过让情节在演出中暂停，迫使听众对事件表态，迫使演员对他所演的角色表态。

叙事剧与戏剧的"艺术作品整体"相对立，开创了戏剧的实验室，它以新方式追溯戏剧伟大、古老的可能性——突出在场者。叙事剧的试验所围绕的就是我们的危机中的人。这种人是被广播、被电影所排除的人，这种人，说白了就是因技术革新变成了汽车的第五个轮子。这种被贬抑、被冷藏的人，将接受某种检验的考察和鉴定，得到的结论将是：事情不是到了高潮才会变化，不是凭借品德和决断才会变化，而是只有在它平淡无奇的发展进程中，通过理智和练习发生了变化。从行为方式的最小元素出发，去构建亚里士多德戏剧理论中的"行动"，这就是叙事剧的意义。

这样，叙事剧与传统划开了界线，教育取代了修身，集会取代了消遣。前者是每一个关注广播发展的人都见惯了的，广播近年来努力将按照社会层次、按照兴趣圈子和环境相互靠拢的听众愈发紧密地联合成一体。同样，叙事剧也尝试着培养出一群感兴趣的人，这些人必须不受批评家左右，不受广告左右，乐于看见他们最切身的利益包括政治利益在训练有素的剧团表演的一系列（上文所述的意义上的）行动中表现出来。这一发展将引人瞩目地给旧剧本带来介入性的改造（《爱德华二世》《三毛钱歌剧》），相反给新剧本则带来互逆互反的处理（说是的人—说不的人）。这或许也可以解释，什么叫教育（判断）取代了修身（认识）。广播尤其负有整理古代修养遗产的责任，在加工处理中不仅要采取合适的技术，也要兼顾与此技术处在同一时代的观众的要求。只有这样，广播设备才能摆脱"巨型人民教化工厂"（舍恩语）的恶名，还原到符合人的尊严的形式。

1932 年

叙事剧中的一部家庭剧

——写在布莱希特《母亲》[①]首映之际

曹旸　译

　　谈起共产主义，布莱希特说过，共产主义是一条中间道路。"共产主义并不激进，激进的是资本主义。"资本主义的激进反映在方方面面，比如从它对家庭的态度上就看得出来。资本主义不惜一切代价固守家庭，哪怕任何强化家庭生活的努力都只会加剧惨无人道的生存状况给人带来的痛苦。共产主义不激进。因此共产主义并不打算简单地消灭家庭环境，而只是检验家庭环境是否合适，检验它能在多大程度上被改变。共产主义想搞清楚：能否重装家庭，从而转变家庭组成成分的社会职能？家庭的组成成分，与其说是家庭成员，不如说是家庭成员之间的关系。在这些关系中最

---

　　① 《母亲》(*Die Mutter*)是布莱希特根据高尔基同名长篇小说改编的戏剧，1932 年在柏林首演。

重要的，显然莫过于母子关系。而且在所有家庭成员中，母亲的社会身份被规定得最为一清一楚：她就是要生产后代。布莱希特这部戏剧则提出问题：母亲这种社会职能，能否转变为革命的职能？怎么转变？在资本主义经济秩序中，一个人越是直接地置身于生产关系中，所受的剥削就越重。在今天，家庭是压迫作为母亲的女性的组织。佩拉格娅·弗拉索娃，"一个工人的寡妻、一个工人的母亲"，是双重的被剥削者：一则作为工人阶级的一员，再则作为妻子和母亲。这位受双重剥削的生育者，代表着受侮辱最深的被剥削者。如果母亲们走向革命，那就没有什么不会走向革命。

母亲走向革命的社会学实验，正是布莱希特此剧的主题。因此有了剧中一系列并非鼓动性，而是建设性的简化。"一个工人的寡妻、一个工人的母亲"——这里就有了第一步简化。佩拉格娅·弗拉索娃是仅仅一个工人的母亲，而这与"无产阶级女性"的原本含义就有了矛盾（无产者词根 Proles 的意思是子孙后代）。她这位母亲，只有一个儿子。结果，这一个儿子就足以成为将母亲的能量传导给整个工人阶级的杠杆。在家里母亲的工作是做饭。她是人的生产者，也要成为那个人的劳动力的再生产者。但是她做的饭菜，已经不再能够满足劳动力的再生产了，只能遭到儿子投来的鄙弃的目光。这样的目光一下就触动了母亲。她不知道该怎么办，因为她什么也不知道："厨房里你们没有肉/想吃肉得在厨房外边找。"这句话或者类似的话肯定就印在她要分发的传单上。她分发传单，不是为了共产主义，而只是为了她的分到发传单任务的儿子。就这样，她开始为党工作，从而将她和儿子之间将要出现的敌对关系转变为母子二人与他们共同的敌人之间的敌对。母亲这样的行动，是她帮助儿子唯一合适的形式，她的帮助仍包裹在母爱原本的、初始的外壳——母亲的裙褶——里，同时又——作为被剥削者的团结——获得了社会的维度。如果停留在家中，那不过是动物维度上的母爱。从最初的母爱到最终的母爱，即工人阶级的团结，这就是母亲走过的道路。她向排队上交铜质炊具的母亲们所作的发言不是和平主义的，而是向生育者们敲响的革命的警钟，她警告她们是在背叛弱者的事业，就是背叛她们的孩子、她们的"崽儿"的事业。也就是说，首先在她帮助儿子的行动上，其次才在理论上，母亲走向了党。这也是剧中第二处建设性的简化，其目的在于强调母亲的教导简明易懂。这正符合叙事剧的本质，就是要将意识的形式和内容之间的非辩证矛盾（意味着戏剧人物只能针对自己的行动进行反思）替换为理论和实践之间的辩证矛盾（意味着理论在行动的中断之处展现出来）。所以，叙事剧是主人公被痛打的戏剧。叙事剧作家可以改用一句古人的教育箴言：不打不成思想家。

下面讨论母亲的"教导"。在她失利的时候，在她等待的时候（对于叙事剧来说这两者没有区别），她都在不停地传授着她的教导，好像是在解释她的行为。

尤为特殊的是，她把她的教导唱了出来。她唱道：是
什么在反对共产主义？她唱道：学习吧，花甲之年的
老太太！她唱道：赞美共同的事业，它是团结两代人
的纽带！她就像母亲一样地唱着，唱着摇篮曲，共产主
义的摇篮曲。共产主义尽管还很幼小、很脆弱，却在不
可遏制地生长着。她把共产主义当作自己膝下的孩子，
结果共产主义也爱她，如同人们爱母亲一样，不是因
为母亲美丽、优秀或受人敬重，而只因为母亲是永不
枯竭的力量源泉。从母亲那里，纯洁的力量汩汩流出，
给人以实在而非伪饰的帮助，无条件地注入到最需要
的地方，也就是注入了共产主义事业。母亲是实践的
道成肉身，在她煮茶时，在她卷馅饼时，在她探视狱
中的儿子时，无不可以看到她的一举一动都服务于共
产主义。冲她飞去的石块、警察砸向她的枪托，不过
表明，向她施加任何暴力都是徒劳无功的。

　　母亲是实践的道成肉身，也就是说，母亲身上只
看得到忠实可靠，而没有狂热。而且，如果母亲一开
始没有对共产主义抱有异议，她也就不是可靠的。
但——这是问题的关键——她提出异议不是由于利益
的分歧，而是出于健全的常识。"因为必须这么做，所
以尽管这么做"——这种话绝对说服不了母亲。乌托邦
幻想对她也不管用："苏赫林诺夫先生的工厂归他所有
还是不归他所有？所以呢?!"但是母亲可以理解，苏赫
林诺夫对工厂的所有权是有限的。于是她遵循健全的
常识一步步地判断——"你们反对的是苏赫林诺夫先

生，这关警察什么事?"——正是这与激进主义截然相反的健全理智的一步步萌发，将母亲推向了五一游行队伍的前列，她在那里遇害。

关于母亲就说这么多，现在要反过来问：既然母亲站到了领导位置上，儿子会有什么反应？因为儿子才是读过书、准备承担领导职责的人。母亲和儿子、理论和实践，四者发生了重组，玩起了"抢板凳"①的游戏。一旦到了紧要关头，运动就要由健全的常识来领导，而理论只能做些家务。儿子切起面包，而不识字的母亲印起宣传品；人不必再为生活的困窘所迫，按性别从事不同的工作；于是无产者家中有了黑板，厨房和卧室之间创造出了新的空间。在人们为了戈比而抗争时，整个国家地覆天翻，家庭当中也必然会发生一系列变动，代表未来理想的新娘，无可避免地要被以其四十载沧桑阅历印证马克思、列宁学说的母亲取代。因为辩证法并不隐身于云雾深处，而是就在于家庭生活实践的四堵墙内，它在紧要关头来临前，喊出《母亲》闭幕时的那句话："告别犹豫，开始斗争!"(Und aus Niemals wird：Heute noch!)

1932 年

---

① 原文为"换换树"(Verwechselt，verwechselt das Bäumelein)，系德国传统的森林游戏，一人站在树丛中间，其余每人选定一棵树站在树旁，绕前者围成一个圆。站在中间的人发出"换换树"的口令后，包括自己在内的每个人离开原来的位置，跑到另一棵树旁。最后没有找到树的人走到中间，游戏得以继续进行。这类似于今天的"抢板凳"。

作为生产者的作者
——1934 年 4 月 27 日在巴黎
法西斯主义研究所的演讲

曹旸　译

> 应该将知识分子争取到工人阶级一边，要使知识分子意识到二者的精神活动和作为生产者的地位是一致的。
>
> ——费尔南德（Ramon Fernandez）

各位请回想，柏拉图在他构想的理想国里是怎样对待诗人的。为了共同体的利益他拒绝诗人在其中逗留。他高明地理解了文学的力量，但是把文学当作有害的、多余的东西——注意是在一个完善的共同体中。诗人存在权利的问题，此后不再经常如此强调地提起；但是今天又提了出来。而且它极少以今天这样的形式提出来。但是它作为诗人的自主性的问题，想写什么就写什么的创作自由问题，对于在座各位或多或少都是熟悉的。各位不喜欢承认诗人的这种自主性，相信当代的社会形势迫使诗人做出决定，自己的活动要为谁服务。资产阶级的消遣文学作家不承认这种抉择，各位就向他们证明，他们即便不承认，也是在为特定的阶级利益服务。更进步的一类的作家承认这种抉择，通过站在无产阶级一边，在阶级斗争的基础上做出了自己的决定。这样一来作家的自主性也就没了，作家的活动取决于什么在阶级斗争中对无产阶级是有利的。人们通常会说，这样的作家遵从一种倾向。

正是围绕这个关键词，长期以来展开了一场为各位所熟知的论争。各位既然熟悉这场论争，也就知道它多么徒劳无功，因为它没有摆脱那种无聊的"一方面……另一方面……"：一方面要求诗人的作品有正确的倾向，另一方面又有理由期待这些作品质量过关。只要人们没有认识到倾向和质量两个因素之间实际上存在怎样的关联，这条公式，当然就不能令人满意。人们当然可以断言倾向和质量的关联，解释说，一部呈现正确倾向的作品无需呈现其他质量；也可以断言说，一部呈现正确倾向的作品必然地呈现出任何其他质量。

第二种说法不是无聊的，相反，它是正确的。我把它当作自己的观点。但是这么做的同时我拒绝只用一则断言了事。这个说法必须得到证明。而我希望各位倾听的，就是我证明的尝试。——各位也许会提出异议说，这真是一个专门的甚至冷僻的题目。难道想用这样一个证明来推进对法西斯主义的研究？——实际上我正有此意。因为我希望能向各位说明，刚刚提到的论争中多以概括的形式出现的倾向这个概念，是政治文学批评里一个彻底无用的工具。我想向各位说明，一部作品的倾向只有在文学上是正确的，在政治上才可能正确。这等于说，政治上正确的倾向包含着一种文学倾向。补充一点：正是这种或隐或显包含在任何正确政治倾向中的文学倾向，是它而不是别的东西，决定着作品的质量。因此一部作品的正确政治倾向包含着它的文学质量，因为正确政治倾向包含着作品的文学倾向。

这个说法，我向各位保证，马上会阐述得更加清楚。此刻我要插入我的思考的另一个出发点。刚才我是从文学的倾向和质量的关系这个徒劳无功的论争出发的。本来我可以从一个更古老的但同样徒劳无功的论争出发：形式和内容，尤其是政治文学中的形式和内容，有着怎样的关系。这个问题的提法早已合理地声名狼藉。它可以作为非辩证地用陈词滥调处理文学关联的反面教材。既然这样，究竟怎样才是对同一个问题的辩证处理呢？

对这个问题的辩证处理使我们回到事物本身，它根本不能从僵化孤立的东西如作品、小说、书着手，而是必须把东西置于活生生的社会关联中。各位会说，我们朋友的圈子当中永远都在不断地这么做，当然不错。只是人们这么做经常就走向了大问题，而且必然失之模糊。我们知道，社会关系受制于生产关系。唯物主义批评走近一部作品时，通常会问，这部作品和同时代的社会生产关系有怎样的关系。这是一个重要的问题，但也是一个非常困难的问题。对它的回答不总是毫不含糊的。现在我想建议各位提一个更为切近的问题。这个问题有所收敛，略微降低预期，但在我看来也给回答提供了更多可能。不再提问：一部作品和同时代的生产关系有怎样的关系？作品赞同生产关系，它是反动的吗，或者它力图变革生产关系吗，是革命的？——不提这些问题，或者无论如何在提这些问题之前，我建议各位提另一个问题。在我问一部作品和同时代的生产关系的关系之前，我想问：作品在生产关系中是怎样的？这个问题直接指向一部作品在一个时代的文学生产关系之中所发挥的功能。换言之，它直接指向作品的文学创作技术。

我用技术的概念指这样一种概念，用它可以对文学产品进行直接的、社会的，因而唯物主义的分析。同时技术的概念是辩证的切入点，由此出发可以克服形式和内容徒劳无功的对立。而且技术的概念还可以指导正确地确定倾向和质量之间的关系，这关系是我们一开始就提出的问题。如果之前我们可以说，一部作品的正确政治倾向包含着作品的文学质量，因为正确政治倾向包含着作品的文学倾向，那么现在我们更准确地确定，文学倾向可以存在于文学技术的进步或退步之中。

如果我在这里看似突然地直接跳入完全具体的文学状况，俄国的文学状况，这肯定合诸位的意。我想请各位注意特列季亚科夫（Sergej Tretjakow）和他所定义、所代表的一类"行动的"作家。这个行动的作家是功能的依赖性最鲜明生动的例子，正确的政治倾向和进步的文学技术在任何情况下都总是处在这种依赖性中。当然这只是一个例子，其他的暂且不论。特列季亚科夫将行动的作家和传达信息的作家区分开来。作家的使命不是报道，而是斗争；不是扮演观众，而是积极介入。他通过介绍自己的活动，定义作家的使命。当农业全面集体化时期的 1928 年发出了"作家到集体农庄去"的号召时，特列季亚科夫去了"共产主义灯塔"公社，有两次在那儿待了比较长的时间并做了下列工作：召集群众会议，为购买拖拉机筹措预付款，说服个体农户加入集体农庄，检查阅览室，创作墙报并主编集体农庄的报纸，为莫斯科的报纸写通讯报道，推广收音机和流动电影院，等等。特列季亚科夫在这段经历后写的书《土地主人》（*Feld-Herren*）对集体经济的进一步完善产生了显著影响，也就毫不奇怪了。

各位也许欣赏特列季亚科夫，但认为他的例子在我们讨论的问题中说服力不是很强。各位也许会反驳说，他承担的任务都是新闻工作者或宣传干部的，和文学没有多少关系。但我故意拈出特列季亚科夫的例子，是想提请各位注意，我们必须从多么广阔的视野出发，根据我们今天形势下的技术条件，重新思考关于文学形式或体裁的观念，才能找到为当代文学活力提供切入点的那些表现形式。过去不是总有小说，将来也不必然总有，不是总有悲剧，不是总有伟大的史诗。评论、翻译，甚至所谓赝品等形式并不总是文学的边缘表现形式，它们不仅在哲学著作，而且在阿拉伯或中国的文学著作中有过一席之地。修辞学不总是无关紧要的形式，它在古希腊罗马时代曾在文学的辽阔领土打上自己的印记。谈所有这些，就是为了让各位了解到，我们处在一个文学形式剧烈重铸的过程之中，在这个重铸的过程中，我们的思维过去习惯的许多矛盾对立可能都失去了说服力。请允许我举一个例子说明这些矛盾对立的徒劳无功和辩证克服这些对立的过程。让我们回到特列季亚科夫，这个例子便是报纸。

"在我们的作品中，"一个左派的作者写道，"原本在比较幸运的时代曾相互促进的矛盾对立变成了无法解决的二律背反。于是科学和纯文学、批评和生产、教养和政治毫无关联、杂乱无章地分裂开来。这种文学的混乱的场所就是报纸。报纸的内容'素材'除了读者的急躁所强加给它的组织形式以外，不服从任何其他的组织形式。这急躁不仅仅是等待信息的政客或等待指点的投机商的急躁，而且是被排斥者郁积的急躁，他们认为自己有权利发出声音维护自己的利益。没有什么像每天需求新给养的急躁情绪一样，把读者和报纸这样拴在一起，报纸编辑早已利用了这一点，不断为读者的问题、意见和抗议开辟新的版面。随着对事实的无选择接纳，同时就有了对读者的无选择接纳，读者发现自己立刻就跃升为编辑工作的参与者。但是这里隐含着一个辩证的因素：资产阶级报刊中文章的衰落表现为苏俄报刊中文章重建的公式。文章在广度上赢回它在深度上失去的，于是资产阶级报刊以传统方式所维持的对作者与读者的区分，开始在苏联报刊中消失。那里的阅读者时刻准备着成为写作者，也就是成为描写者或示范写作者。这个人作为内行——即使不是一整个行业的，而只是他所履行的职责的内行——得以可能跻身作者之列。工作本身要说话。用文字呈现工作成为完成工作的必要技能的一部分。文学的权限不再基于专业的素养，而是复合技术的素养，于是成为共同的财富。一言以蔽之，正是生活关系的文学化将解决以往不可解的二律背反，正是在肆无忌惮地贬抑文字的场所——报纸——预备着对文字的拯救。"

我希望上面已经说明，将作者视为生产者的做法必须回溯到报刊业。因为报刊，至少苏俄的报刊，使人认识到，我刚刚所谈的剧烈重铸的过程不仅不在乎对不同体裁、对普通作家和诗人、对学者和通俗作家的传统区分，而且甚至修正了对作者和读者的区分。对于这一进程，报刊是最具决定性的权威机关，因此任何将作者作为生产者的观察都必须推进到报刊当中。

但是观察不能止步于此。因为报纸在西欧确实还不是作家手中合用的生产工具，它仍然属于资本。既然一方面就技术而言，报纸是作家最重要的阵地，另一方面这个阵地却落在敌人的手里，那么作家为了洞察自己所受社会的限制、自己的技术手段和政治任务，要和非同寻常的困难作斗争，也就不足为奇了。过去十年德国的重大变化之一，便是德国相当一部分有创造力的头脑，迫于经济关系的压力在观念上经历了革命的发展，同时他们又不能对他们自己的工作、他们的工作和生产资料的关系、工作技术进行真正革命的彻底思考。各位知道，我所谈的所谓左派知识分子局限于资产阶级左派。德国过去十年重要的政治文学运动都是由这群左派知识分子发起的。我举两个例子，行动主义（Aktivismus）和新写实派（Neue Sachlichkeit），以此说明如果作家只是在观念上，而不是作为生产者与无产阶级团结在一起，那么政治倾向无论显得有多革命，也只是起反革命的作用。

集中表达行动主义诉求的口号 Logokratie，德语叫作"精神（Geist）统治"。有人喜欢把它翻译成"精神人物（Geistige）统治"。实际上"精神人物"这个概念在左派知识分子阵营中广受认可，支配着从亨利希·曼（Heinrich Mann）到德布林（Alfred Döblin）的政治宣言。这个概念很容易让人发现，提出它时根本没有考虑知识分子在生产过程中的地位。行动主义的理论家希勒（Kurt Hiller）本人也不愿将精神人物理解为"特定职业分支的成员"，而是"特定性格类型的代表"。这种性格类型本身当然介乎阶级之间。它囊括任意数量的个体存在，而不提供哪怕最小的依据将他们组织起来。希勒拒绝党的领导人时，也向他们承认，他们也许比他"在要紧事上知道得更多……讲话更通俗易懂……战斗更勇敢"，但是有一点他确定：他们的"思考更有缺陷"。这话也许不错，但有什么用？因为政治上关键的不是个人的思想，而是让思想进入别人大脑的艺术。行动主义已经用无法按阶级定义的宽泛的人类常识取代唯物辩证法，它的精神人物至多只代表一个等级。一言以蔽之，这个集体构成本身的原则是反动的，因而毫不奇怪，这个集体的影响从来不是革命的。

上述构成集体的无可救药的原则依然在起作用。三年前德布林的《知道与改变！》(*Wissen und Verändern*！)出版时，就可以对此加以检讨。众所周知，这本书是给一个小伙子的回信——德布林把他称作霍克(Hocke)先生——他带着"怎么办"这个问题向这位著名作家求教。德布林邀请他加入社会主义事业，但是说法令人生疑地烦琐。德布林认为，社会主义是："自由、人自发的联合、拒绝任何强制、反对不公和强制的义愤、人性、宽容、和平观念。"无论这个说法怎样，至少他从这种社会主义出发，反对激进工人运动的理论和实践。德布林觉得："任何东西都不能产生出原本不潜藏在自身之中的事物——从激烈残杀的阶级斗争中可以产生出正义，但产生不出社会主义。""尊敬的先生，"德布林出于种种原因这样提出他对霍克先生的建议，"您不能置身无产阶级的前列以执行您对（无产阶级）斗争的原则上的肯定。您必须停留在对这场斗争令人激动而痛苦的赞同，但您也知道：如果您做得更多，就会有一个极其重要的位置空缺……人的个体自由的原始共产主义的位置，人的自发团结和联合的位置……这位置，尊敬的先生，才是唯一属于您的位置。"显而易见，将"精神人物"作为按照他们的意见、观念或素质而不是按照他们在生产过程中的地位来定义的一类人，这样的观点将引向什么结果。精神人物，正如德布林所说，要在无产阶级旁边找到他们的位置。但这是怎样一个位置？一个恩主、一个意识形态施主的位置。这是一个不可能的位置。于是我们回到开头提出的论点：知识分子在阶级斗争中的地位只能根据他在生产过程中的地位来确定或者来改变。

针对进步的——因而对解放生产资料感兴趣的、服务于阶级斗争的——知识分子对生产形式和生产工具的改变，布莱希特提出了功能转换（Umfunktionie-rung）这个概念。他率先向知识分子提出了意义深远的要求：如果不尽可能按照社会主义改变生产机器，就停止向生产机器供应原料。"《尝试》的出版，"作者在这部文集开头写道，"正好在这样一个时间点上，某些工作不再那么是个人的经历（失去作品的性质），而更多地是以利用（改造）某些实体和虚体机构为目的。"法西斯分子所鼓吹的精神的革新不值得期待，要建议的反而是技术的更新。下面还会谈到这种更新，在这里我只想指出单纯向生产机器供应原料和改变生产机器之间存在的关键区别。我想在开始讨论"新写实派"时指出，向一台生产机器供应原料，而不——尽可能地——改变它，即使向机器供应的原料显得具有革命的性质，这种做法也是极有问题的。因为我们面对的事实——德国过去十年提供了大量例证——就是资产阶级的生产和出版机器能够消化甚至宣传海量的革命题材，同时又不会对生产和出版机器自身的存在与占有机器的阶级的存在提出严肃的质疑。这一点无论如何都是成立的，只要机器由墨守成规者供应原料，即便是革命派的墨守成规者。我将墨守成规者定义为这样一种人，他们根本不再努力通过改进生产机器使它朝着有利于社会主义的方向疏离于统治阶级。我还要断言，所谓左翼文学的相当一部分所起的社会功能，只不过是从政治局势中不断发现新鲜事以娱乐读者。这就谈到了新写实派，它使通讯报道的体裁流行起来。我们应该问，这技术对谁有用？

为了形象直观，我首先谈它的摄影形式。对摄影成立的，也可以移用到文学上。二者不寻常的兴盛都要归功于出版技术：广播和画报。我们且回顾一下达达主义。达达主义的革命力量在于检验艺术的本真性。它将票券、线团、烟头和绘画因素连结起来，合成一幅静物画，把这整个装进一个画框，以此向观众指出：看，你们的画框迸裂了时间；日常生活最微小的本真碎片也比绘画更说明问题。就像凶手在书中一页上留下的血指印比文本更说明问题。这种革命的内涵，许多通过摄影蒙太奇得到了拯救。各位只需想一想哈特菲尔德(John Heartfield)的作品，他的技术把书的封面变成了政治工具。但现在请继续追踪摄影的历程。各位看到了什么？摄影变得越来越细腻，越来越现代，而结果就是，不对出租屋、垃圾堆加以美化就根本不能拍摄这些东西。更不用指望，拍摄一座水电站或一座电缆厂时，除了"世界是美的"以外还能再说些什么。"世界是美的"——这是伦格尔-帕奇（Albert Renger-Patzsch)代表新写实派摄影的高峰的著名画册的标题。新写实派摄影通过时髦的、加以完美化的方式理解困苦，从而成功地将困苦也变成享受的对象。因为如果说摄影的一个经济功能是将从前不受大众消费的内容——春天、名人、陌生国度——通过时髦的加工输送给大众，那么它的政治功能之一就是，将世界就它现在所是的样子从内部——换言之，时髦地——进行革新。

什么叫作向一台生产机器供应原料而不改变它，这就是一个赤裸裸的例子。改变生产机器意味着重新打破、克服束缚知识分子生产的一种界限、一种对立。上面所举的例子里的界限是文字和图像之间的界限。我们要求摄影师具有给图像起标题的能力，标题将图像从时髦的损耗中解救出来，赋予标题以革命的使用价值。当我们——作家——接触摄影时，我们最强调这个要求。这里对于作为生产者的作者而言，技术进步也是其政治进步的基础。换言之，只有克服精神生产过程中在资产阶级看来构成这一过程秩序的权能，生产才能变得政治起作用；为了分割两种生产力而建立的权能的界限，必须要由两种生产力联合起来打破。作为生产者的作者——通过与无产阶级团结在一起——同时直接接触到某些他原先不甚了解的生产者。上面谈的是摄影，现在我想非常简短地补充艾斯勒（Hanns Eisler）谈论音乐家的一番话：在音乐的发展中，不仅在音乐的生产而且在再生产中，"我们必须认识到也存在着越来越强的理性化进程……唱片、有声电影、音乐自动播放器能够把音乐的顶尖成果……当作商品装进罐头盒里销售。这一理性化进程导致音乐的再生产局限于越来越狭小但高专业水准的专家圈子里。音乐厅行业的危机是一种由于新技术发明而老旧过时的生产形式的危机。"那么要做的就是将音乐会的形式进行功能转换，使它满足两个条件：第一，消灭演奏者和听者之间的对立；第二，消灭技术和内容之间的对立。艾斯勒就此提出了下列富有启发性的论断："必须当心，不要高估管弦乐，把它当作唯一的高雅艺术。无歌词音乐直到资本主义时代才有了伟大的意义，充分的扩张。"就是说，改变音乐会的任务不借助歌词是不可能完成的。正如艾斯勒所指出的，只有歌词的参与，才能促使一场音乐会变成一次政治会议。这种改变实际上体现着音乐技术和文学技术的最高水准，这一点布莱希特和艾斯勒已经在教育剧《措施》(*Die Maβnahme*)中证明了。

如果在此回顾刚刚谈到的文学形式的重铸过程，各位会看到，摄影和音乐注入灼热的熔化物中，浇铸出新的形式，各位可以预见，还有什么也会注入这滚滚洪流。现实会向各位确证，只有生活关系的文学化这个概念，才能正确地把握这一重铸过程的规模，正如阶级斗争的程度决定着重铸过程——或理想或不足——的反应温度。

前面谈到过某种时髦的摄影将困苦变成消费对象的做法。在我转而讨论作为文学运动的新写实派时，我必须更进一步指出，新写实派把反对困苦的斗争变成了消费对象。新写实派把资产阶级当中但凡出现的革命的反射光都转变成消遣娱乐的对象，毫不费力地塞给大都市卡巴莱经营，实际上在许多场合都已经耗尽了自己的政治意义。将政治斗争从迫使做出决定的强制力量变成惬意沉思的对象，从生产资料变成消费品，就是这类文学的特征。一位有洞见的批评家以凯斯特纳（Erich Kästner）为例说明了这一点："这些激进左派知识分子和工人运动没有什么关系。相反他们作为资产阶级瓦解的现象，是封建主义保护色的反面。帝国所赞许的预备役少尉是封建主义保护色，而凯斯特纳、梅林（Walter Mehring）或图霍尔斯基（Kurt Tucholsky）之流的激进左派政论家是没落市民阶层的无产阶级保护色。他们的作用，从政治上看，不是带来政党，而是带来帮派；从文学上看，不是带来流派，而是带来时髦；从经济上看，不是带来生产者，而是带来代理人。无论是代理人还是墨守成规的人，都大肆挥霍他们的贫困，将裂变的空洞变成一场庆典。在不舒服的环境里再也不能比这安排得更为舒服了。"

我刚刚说，这个流派大肆挥霍他们的贫困，这么做就逃避了今日作家最迫切的任务：即认识自己是多么贫困和自己必然多么贫困，只有这样才能从头开始。关键就在这里。苏维埃国家虽然不像柏拉图的理想国那样驱逐诗人，但是会——所以我开头才让大家回忆理想国——给诗人分配任务，不允许诗人在新的大作里展示天才人物长期以来被伪造的财富。期盼向这些人物、这些作品看齐的革新，是法西斯主义的特权。对此法西斯分子发表过不少蠢话，比如格林德尔（Günther Gründel）在《年轻一代的使命》（*Sendung der Jungen Generation*）中文学部分的结语："结束回顾和展望最好的做法莫过于指出，我们这一代人的《威廉·迈斯特》《绿衣亨利》至今仍然没有写出来。"对于仔细考察过今日生产条件的作者来说，没有比期待或只是希望这类作品更为渺远的事情。作者的工作永远不再只针对产品，同时也总针对生产资料。换言之，作者的产品必须在产品的作品性质之外和之前具有一种组织功能。而且它的组织功能绝不应局限于宣传。只有倾向是没用的。杰出的利希滕贝格说过：重要的不是一个人有什么样的观点，而是这些观点把他变成怎样一个人。——现在虽然观点还是重要的，但是再好的观点，如果不能让观点的主人发挥任何用处，本身也是没用的。再好的倾向，如果不示范出追随它所必需的态度，本身也是错误的。这种态度只有作家这个人在做事时，也就是写作中，才能示范出来。倾向是作品的组织功能的必要条件，但永远不是充分条件。作品的组织功能还要求写作者有引导和教导的表现，这一点在今天比任何时候都更需要。一个不能教育作家的作者教育不了任何人。因此关键的是生产的模范性质：第一，能够指导其他生产者进行生产；第二，能够把改进过的机器交给其他生产者使用。而且这台机器引导越多的消费者走向生产，也就是越能把读者或观众变成参与者，机器就越好。我们已经有了这样的典范，但是这里我只能略作提示，那就是布莱希特的叙事剧。

各种悲剧和歌剧依旧写个不停，貌似还有一套久经考验的舞台机器可供它们支配，然而实际上只不过是将它们自己供应给老朽的舞台机器。"音乐家、作家和批评家一头雾水，不清楚他们的处境，"布莱希特说，"这会带来可怕的后果，却没有引起什么重视。他们以为自己占有一套机器，实际上是这套机器占有他们。怀着这个信念他们保卫这套机器，实际却不再能控制它。这套机器不再像他们仍相信的那样，是生产者的工具，反而成了反生产者的工具。"这种动用复杂机械、庞大阵容和巧妙特效的戏剧之所以成为反生产者的工具，重要原因之一就是它被电影和广播拖入竞争，企图招揽生产者作毫无希望的较量。这种戏剧——也许让人想到教养修身的戏剧或娱乐消遣的戏剧，二者本身是补充物，而且互为补充——是富有阶层的戏剧。凡是富有阶层接触到的东西，都可以变成他们的刺激。这种戏剧的地位已经失落了。另一种戏剧则没有，它不向新出现的传媒工具发起竞争，而是试图运用它们，向它们学习，也就是钻研剖析它们。叙事剧将这番钻研当作了自己的工作。这么做，就电影和广播当前的发展程度而言，是合时宜的。

为了这番钻研，布莱希特回到了戏剧最原始的要素。某种程度上，一个讲台就满足了他的需要，他放弃了铺得太开的情节，于是成功地改变了舞台和观众、文本和表演、导演和演员作用的关联。叙事剧，布莱希特解释说，相对于展开情节，更重要的是呈现状态。我们稍后会看到，叙事剧通过中断情节得到状态。各位请回忆那些主要用来中断情节的歌曲。叙事剧也正是吸收了——以中断为原则——过去几年间电影和广播、报刊和摄影中流传开来的各位所熟知的做法。我说的就是拼贴（蒙太奇）的方法：被拼贴的东西中断它之前被拼入的关系。这个方法在这里有着特殊的甚或完全的权利，请允许我就此做一点说明。

因为中断情节的缘故，布莱希特把他的戏剧称为叙事剧，情节的中断不断地迎击着观众的幻想。因为观众的幻想，对于意图按照试验步骤处理现实因素的戏剧而言，是不适用的。在试验的结尾，而不是试验的开始，出现了各种状况。这些状况，无论以什么样的形态出现，都是我们自己的状况，不是要摆到观众跟前让他们看，而是要与观众保持距离。观众不是像看自然主义戏剧那样自满地认出它们是现实的状况，而是惊愕地认出来。因此叙事剧不是再现状况，相反是发现状况。状况的发现通过中断进程完成。只是这里的中断没有刺激性，却有组织功能。它使行进中的情节停下来，因而迫使听众对事件表态，演员对自己的角色表态。我想用一个例子向各位说明，布莱希特对姿态的发现和塑造，正意味着将广播和电影中蒙太奇的关键用法，从一种通常只是时髦的做法变回一件人的事情。——请设想一个家庭场景：妇人正要抓起一件铜器砸向女儿，父亲正要打开窗户，想喊救命。就在这一刻走进来一个陌生人。事件被中断；这一刻呈现出来的，是直击陌生人视角的状况：慌乱的神情，敞开的窗户、砸得稀烂的家具。但从某种视角来看，即便是当今生活中更习以为常的场景，其实也与之相差无几。这就是叙事剧作家的视角。

叙事剧作家用戏剧的实验室与戏剧的艺术作品总体相抗衡。他用新的方式追溯戏剧伟大而古老的可能性——曝露在场者。他试验的中心是人，今天的人，降格的也即在冷酷的环境中被冷落的人。但既然我们能使用的只有这种人，那么我们就有认识他的兴趣。让这样的人接受各种考验和鉴定，得到的结果是：事情不是在高潮时改变的，不是通过美德和决心改变的，事情只能在它全然符合习惯的进程中，通过理性和训练来改变。用行为方式的最小元素，构建出亚里士多德戏剧理论中所说的"行动"，这就是叙事剧的意义。叙事剧的工具比传统戏剧更简单，目标同样更简单。叙事剧不太追求用情绪感染观众，哪怕是叛逆的情绪，它更追求以持久的方式使观众通过思考疏离于自己生活其中的状况。顺便提一句，对于思考而言，没有比笑更好的开端。特别是横膈肌的震动通常比灵魂的震动给予思想更好的契机。叙事剧所富有的只是引发大笑的诱因。——

也许各位已经注意到，我们行将结束的思考，只是向作家提出一个要求，即对这个要求进行反思，思考自己在生产过程中的地位。我们可以放心：这番思考早晚会让起决定作用的作家，也就是让他们专业中最好的技术员，将自己和无产阶级的团结建立在最清醒的信念之上。对此我想最后给一个当下的证据，即本地的杂志《公社》(Commune)中的一个地方。《公社》办过一次问卷调查："您为谁写作?"我引用莫布朗(René Maublanc)回答中的一段和接下来阿拉贡(Louis Aragon)的评论。"毫无疑问，"莫布朗说，"我几乎只为资产阶级读者写作。因为第一，我不得不如此，"——这里莫布朗指的是他作为文理中学教师的职业义务——"第二，我有着资产阶级出身，受过资产阶级教育，成长于资产阶级环境，这样我自然就倾向于面向我自己所属的、最熟悉的、最理解的阶级写作。但这不是说，我写作是为了取悦他们或者支持他们。一方面，我坚信无产阶级革命是必然的、值得期望的；另一方面，资产阶级的反抗越弱，无产阶级革命就会越迅速、越容易、越成功，而且越少流血……无产阶级今天需要资产阶级阵营中的盟友，正如在18世纪资产阶级曾需要封建阵营中的盟友。我想成为这盟友中的一员。"

对此阿拉贡评论道："我们的同志在此触及的实情，牵涉到今天非常多的作家。不是所有人都有勇气，直视这个现实问题……像莫布朗这样清楚自身处境的人极少。但正是向他们必须提出更多要求……从内部削弱资产阶级是不够的，必须和无产阶级一道抗击资产阶级……莫布朗和我们许多仍然摇摆不定的作家朋友的前面，是苏俄作家的榜样，他们来自俄国资产阶级，但成了社会主义建设的先锋。"

阿拉贡只说到这里。但他们是怎样成为先锋的呢？肯定不会没有非常艰苦的斗争、极其艰难的争论。我在演讲中向各位介绍的思考，就是尝试从他们的斗争中总结成果。我的思考以专家这个概念为基础，多亏了这个概念，围绕俄国知识分子立场的争论有了澄清的关键。专家和无产阶级的团结——这是澄清争论的开端——只能总是一种经过中介的团结。行动主义者和新写实派的代表希望他们的做派符合他们希望成为的角色，却不能消灭这样一个事实，即使知识分子无产阶级化也几乎从来不能变成无产者。为什么呢？因为市民阶层以教给知识分子的文化的形式还交给他一件生产工具，这件生产工具使知识分子基于文化特权与市民阶层团结在一起，又更使市民阶层与知识分子团结在一起。因此阿拉贡在另一个场合的解释是完全正确的："革命的知识分子最初主要是作为其出身阶级的叛徒而出现的。"反映在作家身上，他的背叛就在于他的行为态度，要从生产机器的一个原料供应者变成一个工程师，把调整生产机器以适应无产阶级革命目标当作自己的任务。这固然是中介性地发挥作用，但是把知识分子从莫布朗和很多同志认为的知识分子所局限于其中的那种纯解构性的任务中解放了出来。知识分子能成功地促进精神生产资料的社会化吗？他们会找到脑力劳动者在生产过程中自己组织起来的道路吗？他们对小说、戏剧、诗歌的功能转换有什么建议？知识分子越能够圆满地针对这些任务展开自己的活动，他们的倾向就越正确，他们作品的技术质量必然就越高。另一方面，他这样越清楚地了解自己在生产过程中的岗位，就越不会产生自命为"精神人物"的想法。以法西斯主义为名制造动静的精神，必须消失。寄希望于自身的神秘力量而与之对抗的精神，将要消失。因为革命斗争不是在资本主义和精神之间，而是在资本主义和无产阶级之间展开。

1934 年

布莱希特的《三毛钱小说》[①]

曹旸　译

八年

从《三毛钱歌剧》(*Dreigroschenoper*)到《三毛钱小说》,中间经过了八年。新作脱胎于旧作,但这不同于惯常以为的艺术作品复杂的成熟过程。因为这几年是政治上至关重要的几年,该书作者吸取时代的教训,揭露时代的罪恶,悼念时代的受难者,写出了一本高水准的长篇讽刺小说。

---

① 《三毛钱小说》(*Dreigroschenroman*)是布莱希特1934年在荷兰阿姆斯特丹出版的长篇小说,人物和故事背景沿自《三毛钱歌剧》,情节相较歌剧有了很大的发展。《三毛钱小说》有高年生、黄明嘉译本,上海译文出版社2008年出版。本书中相关引文引自该译本,部分有改动。

为写这本书，他又从头开始。原歌剧的基本要素、情节保留得很少，只有主要人物继续沿用。正是这类人物，近几年间在我们的眼前生长壮大起来，而且为了他们的生长血腥地争夺空间。这帮匪徒，当《三毛钱歌剧》最初在德国舞台上演的时候，还不为德国人所熟知。而现在，他们已经在德国生根发芽，横行妄为。他们的野蛮行径，使得资本主义早期为贫困的被剥削者所特有的露骨现实，晚近才显露在剥削者身上。布莱希特考虑到被剥削者和剥削者两个方面，因而将前后两个时期压缩在一起，将他笔下的匪帮设置在伦敦市区，这个伦敦的节奏和外观仍一如狄更斯时代。在书中，私人生活的环境还是早期资本主义的，阶级斗争的环境则是今天的。伦敦人还没有电话，但是他们的警察已经有了坦克。有人说，今天的伦敦证明，保留一定的落后因素，对资本主义来说是一件好事。布莱希特利用了这种环境，他让举止老派又办事新潮的人物，出现在不通风的办公室里、潮热的澡堂里、雾蒙蒙的街道上。这样的位移构成一个个讽刺的镜头，为了突出这种位移，布莱希特随心所欲地描绘着伦敦的地形。而这位讽刺作家截取自现实的人物举止，可以说，比大人国①或者他想象建构出来的伦敦城都更加不可思议得多。

---

　　① 大人国，斯威夫特《格列佛游记》中的虚构国家。

老熟人

一些老人物又重新出现在作者面前，比如皮丘姆。皮丘姆总是戴着顶礼帽，因为没有哪一堵墙他不觉得会倒下来砸在他头上。他放下乐器店的生意，跑起了运输船，大发战争财，他的乞丐大军则在关键时刻作为"骚动的群众"大显身手。皮丘姆的船在布尔战争期间要用于运兵，由于他使用朽烂的船只，船没驶出泰晤士河口多远，就连同全体兵士沉没在海中。皮丘姆不顾阻拦，亲自前往溺死兵士的葬礼，和众人（其中就有一个费康比）一起听主教的布道。主教讲到圣经中的训诫：人应当拿别人托付给自己的每一镑钱去生利。[①]在听布道的时候，皮丘姆早已除掉了他的合作伙伴，保证自己免于这笔运输生意可能会带来的危险后果，不过不是他亲手杀的人。他的女儿桃花，也和他一样犯了罪，不过只是卷入了合乎淑女身份的犯罪——一次堕胎和一次通奸。她找到一个大夫，指望能给她做堕胎手术，但从大夫嘴里，说出了和主教截然相反的话。

主人公麦奇思在《三毛钱歌剧》里才刚刚度过他的学徒时代，小说则将他的学徒时代一带而过，而且充满敬意地缄口不谈他的整个早年生涯，使得我们的大商人们的生平总是显得云山雾罩。小说没有提到，最

---

① 参见《马太福音》25.14—30。

后摇身一变成为大商人麦奇思的木材贩子贝克特，最开始是不是就是那个绰号"尖刀"的抢劫杀人犯斯坦福·西尔斯。我们只知道，这位商人仍忠诚地对待他某些早年的朋友，这些朋友还没有找到回归合法世界的出路。他的忠诚获得了丰厚的回报，这些人偷来大把的商品，都送到麦奇思的连锁店，在那里以无可匹敌的低价销售。

麦奇思的垄断集团由诸多"B商店"组成。每家B商店的主人都是自力更生的个体户，但按照义务规定只能销售麦奇思的供货，并要向麦奇思支付店租。在几家报纸的采访中，麦奇思大谈"他的重大发现——人都有自力更生的冲动"。然而他的个体户们境况都很惨，其中一个女店主跳泰晤士河死了，因为麦奇思基于商业原因暂时中断给她供货。警方怀疑这是一场谋杀，开始立案侦查。整个刑事案件浑然是一出社会讽刺剧，杀害了自杀的女店主的凶手遭到追查，而只是行使其合同权利的麦奇思，则永远也不会被这个社会指认为凶手。"小业主玛丽·斯韦耶遇害"不仅是小说情节的核心，也包含着情节内的道德准则。被榨干的小店主、被载上漏水船只的士兵、受雇偷盗却不知道他们的老板付钱给警察局长的罪犯——这群绝望的人向统治他们的人献上祭品，承受着统治者向他们施加的罪行，他们在小说中的地位就像歌队在歌剧中。他们中有被逼投水的玛丽·斯韦耶，有因为斯韦耶"被谋杀"而莫名其妙被绞死的费康比。

一张新面孔

士兵费康比在小说引子中，分到了皮丘姆的一间板房作"栖身之所"，在结尾的梦中，得到了关于"穷人的钱"的启示。他是一张没有在《三毛钱歌剧》里出现过的新面孔，或者说，他不是一张新面孔，而是一个"透明的、没有个性的"人，就像千百万充斥着兵营和地下室的人一样。他是被牢牢框定在画框中的真人大小的人物，将读者的目光指向画框中央的资产阶级罪犯的社会。在这个社会里，他最有发言权，因为没有他，社会就无从榨取利润，这也是为什么他在引子中就出现了。他又以法官的身份出现在结尾，因为他不出现的话，就要让这个社会来做出最终审判。小说从头到尾时间过去了短短的半年，半年中，费康比无所事事，但是在此期间，他的上司的某些生意做得是兴隆亨通，以至于要以处死费康比来收场，这一回，就没有"骑马来的国王信使"[①]来特赦死囚了。

刚刚说过，费康比临死前做了一个梦，梦见法庭审判一场"特大犯罪"案件。"因为无人能阻挡一个做梦者的胜利，所以我们这位朋友就成了有史以来规模最

---

① 布莱希特在《三毛钱歌剧》中故意安排的不合理的结局，在之前的剧情未作任何交代和铺垫的情况下，让国王的信使突然从天而降，特赦了临刑的尖刀麦基（即《三毛钱小说》中的麦奇思）。

大的、唯一真正正确的、全面的、公正的法庭的庭长……最高法官经过长时间的考虑——单这就花了几个月的时间——决定从一个男人①开始下手。根据一位主教在追悼死难士兵大会上的讲话，此人曾经杜撰过一则寓言。这则寓言，被形形色色的布道台用来对人说教了两千多年，而这在最高法官看来则是一桩特大犯罪。"为了证实他的看法，最高法官列举了这则寓言的种种后果，讯唤了一长串证人，要求证人供述他们自己手里有多少镑钱。

"'你们的钱增加了吗?'最高法官语气严厉地问。他们吃了一惊，说:'没有。''他(指被告)是否看得出你们的钱没有增加?'对这个问题，他们起先不知道如何回答是好，经过一段时间的思考，其中一人出列，是个小男孩……'他肯定看得出来，因为天冷时我们挨冻，吃饭前和吃饭后我们总是挨饿。你自己看看，是不是能看得一清二楚。'他把两个手指头塞进嘴里，吹了一声口哨，于是……走出来一个女人，酷似小业主玛丽·斯韦耶。"被告面对着如此有力的证词，法官允许他找个辩护人。"但辩护人必须得与您相配。"费康比说。于是皮丘姆就走到了辩护人的位置上，结果让当事人的罪行更加一清二楚。被告必须因为同谋罪行受到惩处，最高法官说，被告把那则寓言交给他的信众，那则寓言也是一镑钱。紧接着，最高法官判处被告死

---

① 指基督耶稣。

刑。——但是最后走上绞刑架的，只有这个做梦的人，他在醒着的时候才明白，吞噬了他以及和他一样的人的罪行，在历史上可以追溯到多么遥远的以前。

麦奇思一党

在刑侦手册里，罪犯被描述成反社会的分子。这个说法也许适用于罪犯中的大多数，但当代史上的一些罪犯则与之相反，他们靠着把许多人变成罪犯，把自己变成了社会的楷模，麦奇思就是这样一位。他是一位新派人物，而他那与他势均力敌、长期针锋相对的岳父皮丘姆，却还属于老派。皮丘姆懂得枪打出头鸟，他把贪欲隐藏在家庭情感后面，把无能隐藏在禁欲后面，把敲诈勒索隐藏在慈善活动后面，他最喜欢的是躲在他的办公室里。麦奇思就不这样，他生具领袖气质，言谈有大政治家风范，办事有大商人手腕，他所要胜任的任务也就五花八门。而领袖的任务也从来没有像今天这般艰巨，动用武力已不足以维系财产关系，挑动被剥夺者互相争斗也无济于事。现实问题亟待解决，但正如人们不仅要芭蕾舞演员跳得好，也要她长得好，法西斯主义不仅要有人做资本的救主，也要求他是一个高尚的人。正因此，麦奇思之流才是这个时代的无价之宝。

他熟练地扮演没落的小资产者所幻想的大人物。小资产者被成百个头头支配着，他们是一轮轮涨价浪潮中的浮萍，一场场危机的牺牲品，统计表上的一串串符码，找寻着一个他们可以倚仗的人物。没有人愿意对小资产者负责，但偏有一个人愿意，而且他偏偏能够做到。因为事情的辩证法就是，如果有人愿意担起责任，那么小资产者就会感激地允诺，不用他承担责任。小资产者拒绝提出任何要求，"因为这会向麦奇思先生表明我们不再信任他了"。麦奇思的领袖气质的反面就是小资产者的知足常乐，他们的知足源源不断地满足着麦奇思。麦奇思不放过任何高调登场的机会，而且他在银行家们面前完全是另一个人，在 B 商店店主们面前又成了另一个人，在法庭上是另一个人，在他匪帮的成员面前又是另一个人。他证明了，"一个人只要意志坚定就什么都能说"，比如他说：

"依我之见——这是一位认真工作的商人的意见，国家首脑当中缺少我们的人。他们全都隶属于某个党派，而党派都是自私的，其观点是片面的。我们需要超党派人士，就像我们商人一样的人士。我们东西卖给穷人也卖给富人，不论顾客是何许人也，我们都卖给他五十公斤土豆，给他安装电线、粉刷房屋。领导国家是一种道义使命，我们必须做到这一点：企业家是好企业家，雇员是好雇员，总之，富人是好富人，穷人是好穷人。我坚信，如此治国的时代一定会到来的，我将是它的拥护者。"

粗犷的思考（Plumpes Denken）

布莱希特将麦奇思的纲领和他的其他许多高论以斜体印刷，好将它们从叙事文本中突显出来。于是，这部小说就有了一份收录有演讲和警句、自白和抗辩的独一无二的汇编，光凭这一点，这部作品也可以长存于世。麦奇思的言论是迄今还没有人说过的，但又是一些人天天在说的。他的言论中断了文本，就像图例一样请读者间或停止幻想，一部讽刺小说所需的莫过于此。他的一些言论，不断地提醒读者布莱希特文字的力量所依赖的前提，比如我们会读到："最重要的是学会粗犷地思考，粗犷的思维就是大人物的思维。"

有很多人将辩证论者理解为诡辩爱好者，因而布莱希特点明"粗犷的思维"，就格外有意义。粗犷的思考既生产出辩证法作为自己的反面，又将辩证法包含在自身之中，少不了辩证法。粗犷的思想恰恰也是辩证思维一族的成员，因为它所呈现的不外乎是让理论取决于实际——**取决于**实践，而非**指导着**实践。行动当然可能和思维一样精妙，但是思想要在行动中成功，就必须是粗犷的。

粗犷的思考的种种形式是群众创造的，因此变化缓慢。在凋萎的民俗中依然保有值得学习的东西，其中之一就是民谚，而民谚是粗犷思考的学校。人们问："麦奇思先生对玛丽·斯韦耶之死负有责任吗？"布莱希特用一章的题记明确地给出了回答："哪儿淹死了马驹子，哪儿就有水。"①另外一章，也就是皮丘姆，这位"贫民区的头号老板"，思考乞讨行业的基本规律那一章，本来也可以加一个题记："哪儿刨木头，哪儿就有刨花。"②

"我也不明白，"皮丘姆自言自语道，"人们在施舍前为什么不更严密地核实乞丐们的残疾。他们深信，这些创伤都是他们自己造成的！既然他们做生意，难道就不会有破产的人？如果他们为自己的家庭生计着想，难道就不会有别的家庭穷困潦倒？所有人都一开始就深信，鉴于他们自己的生活方式，就必然到处都有负致命伤的人和亟需救援的人爬来爬去。干吗要费劲去核实呢？不就是施舍几个便士么！"

罪犯的社会

皮丘姆比在《三毛钱歌剧》中有了长进，他用精明的目光打量着投机成功的条件和投机失败的教训。他看清了剥削的法则，不受任何掩饰、哪怕是一丁点儿幻想的蒙蔽。这足以证明这位老派、孤僻的小个子是最贴近现实的思想家。他简直可与斯宾格勒比肩。斯宾格勒指出，资产阶级早期的人道、博爱的意识形态，

---

① 含意近于"无风不起浪"。
② 含意近于"舍不得孩子套不着狼"。

已多么不适用于今天的企业家。科技的成就首先给统治阶级带来利益，不仅带来现代的交通运输方式，也带来先进的思维方式。《三毛钱小说》中的先生们虽然还没有小汽车，但是他们都是辩证法高手。比如皮丘姆自言自语说起杀人要受到惩罚："但不杀人，也要受惩罚，甚至是更可怕的惩罚……就像我与我的家庭曾有过落魄堕入贫民窟的危险，这与进监狱相差无几，都是终身监禁啊！"

早期的犯罪小说，如陀思妥耶夫斯基的作品，对心理学贡献甚多，如今它已发展成为社会批判的利器。如果说布莱希特在这本书中比陀思妥耶夫斯基更彻底地利用了这种体裁，那么原因之一就在于，布莱希特书中的罪犯——和现实一样——在社会之内谋生，社会——和现实一样——从罪犯的赃物中分一杯羹。陀思妥耶夫斯基关注的是心理学，他揭露出人心中潜藏的罪犯；布莱希特关注的是政治，他揭露出商业中潜藏的犯罪。

按照犯罪小说的规则，资产阶级法制和犯罪是对立的。布莱希特的处理则是，保留犯罪小说高度发展了的技巧，但是剔除其规则。这部犯罪小说如实地展现了资产阶级法制和犯罪之间的关系，表明后者是为前者所批准的剥削的一种特殊形态，二者还会抓住时机轻松地相互转化。深思的皮丘姆挑明："复杂的生意，经常要用特别简单的、有史以来就通用的手段摆平……开始是签合同和政府批文，最后总要用抢劫谋杀来收场！可我多反对谋杀啊！……想想吧，我们只是在做生意!"

自然，在这部犯罪小说的个案中，是找不到侦探的。按照犯罪小说的规则，侦探是法律制度的代表，这里则由竞争担负起这个角色。麦奇思和皮丘姆之间上演了两个团伙的对决，最后的大团圆结局是立下君子协定，二人决定公证赃物的分配。

讽刺和马克思

布莱希特剥掉我们所生活于其中的社会环境上面种种法的概念的繁饰，人的本质才从其中赤裸地浮现出来，留给后人看，可惜它在今天显得丧失了人性。但是这不是讽刺家的错，他的责任正在于剥除他同胞身上的伪饰，即便他为同胞穿上新衣，就像塞万提斯在小狗贝尔甘萨①、斯威夫特在慧骃国的马人、E. T. A. 霍夫曼在一只雄猫②身上描绘的那样，他心底最关切的，也还只是他的同胞赤裸地立于各色服饰之间的姿势。讽刺作家忠实坚定地向他的同胞映照出他们的一丝不挂，他的职责也不外乎如此。

这样，布莱希特只用将同时代人的服饰略加改动

---

① 贝尔甘萨，塞万提斯短篇小说《双狗对话录》中的双狗之一，小说收入了《惩恶扬善故事集》。

② 雄猫，E. T. A. 霍夫曼《雄猫穆尔的生活观》的主人公。

就足够了，这点改动也刚好可以勾连起那个延续至今的 19 世纪。那个世纪不仅带来了帝国主义，也带来了马克思主义，马克思主义要向帝国主义提出一些切中要害的问题。"德国皇帝向克留格尔①总统发电报的时候，谁家股票涨了，谁家又跌了？""当然只有马克思主义者会提这个问题。"马克思第一个以批判洞烛了资本主义经济所贬抑、所笼罩的人与人的关系，因而成为讽刺的导师，他距离成为讽刺巨匠也并不远。布莱希特是马氏门下的学生，从前一直作为唯物主义艺术的讽刺，在他手里也成了辩证的艺术。在他小说的背后藏着马克思——就像启蒙时代法国流行的讽刺作品中，满大人和波斯国王的背后藏着孔夫子和琐罗亚斯德。马克思在布莱希特这里决定着，伟大作家，尤其是伟大的讽刺作家，一般要与他的对象保持多少距离。后世如果将一位作家奉为经典，就总是会继承这个距离，大概也会在《三毛钱小说》中，轻松地找到他们的距离。

1935 年

---

① 克留格尔（Paul Kruger），布尔战争（《三毛钱小说》的情节背景）期间的南非总统。

那禁止提到无产阶级的国度

——写在布莱希特八幕独幕剧首演之际[①]

曹旸 译

只有政治剧才是流亡剧团应该排练演出的。十或十五年前的戏剧，曾经在德国聚起一批关心政治的观众，但大多已经因为近年的事件变得过时。流亡剧团必须从头开始，不仅要重新搭建舞台，而且要重新构建剧本。

对当前历史形势的体认，将布莱希特最新系列剧作巴黎首演的观众联结在一起，使他们第一次作为戏剧观众相互认识。鉴于戏剧的新观众和新环境，布莱希特开启了新的戏剧形式。他是新起点上的专家，从1920年到1930年，他不知疲倦地反复按照当代历史的

---

① 布莱希特当时正在创作的戏剧《第三帝国的恐惧和苦难》中的八幕于1938年在巴黎首演。该剧的二十四幕已有高年生译本。参见人民文学出版社1980年版《布莱希特戏剧选》（上）。

实例开展戏剧试验。由此，他得以自如地应付多种多样的舞台形式和迥然不同的观众类型。他既试验讲台话剧，也试验歌剧；他既为柏林的无产者，也为西方的资产阶级先锋派上演他的剧作。

而且，像布莱希特这样独一无二地一再从头开始，是辩证论者的标志。（每一个艺术大师的心里都藏着一个辩证论者。）要明白——纪德说——已有的成就永远不会助益你以后的工作。布莱希特正是按照这条准则工作——在为流亡剧团所创作的一系列新剧中他则更加果敢。

简言之，从早年的尝试中最终形成了布莱希特戏剧明确的、坚实的标准。这种戏剧叫作叙事性戏剧，因而与狭义的、由亚里士多德最早奠定理论的戏剧性戏剧判然有别。这也是为什么布莱希特将他的理论表述为"非亚氏戏剧"——正如黎曼开创"非欧几里得几何"。黎曼取消了平行公设，新戏剧则取消了亚里士多德式的"净化"，即通过与主人公的跌宕命运产生共鸣而宣泄情绪。这种波浪起伏的命运也会将观众一道席卷裹挟（著名的"突转"[Peripetie]，就是情节的波峰，在这之后，情节便坠向结局）。

如同电影胶片的图像，叙事剧也分片段展开。基本的展开形式是剧中一个个界限分明的场景像楔子一样相抵。歌曲、文字说明和表演者重复出现的姿态，将每一个场景划分得泾渭分明。于是，到处都产生了遏制观众幻觉的间隔。间隔旨在使观众能够深思熟虑，对戏剧采取批判的态度。(法国古典戏剧与之相似地，在舞台上的演员中间，为显贵人物留出了位置，把他们的安乐椅搬到了场上。)

《第三帝国的恐惧和苦难》排演的手法和精确性胜过资产阶级戏剧，它凭此铲除了资产阶级戏剧的一些核心观点，这总归是一场局部的小小胜利。叙事剧的根基原就不太牢固，受过培养的叙事剧演员也不太多，以致叙事剧不能够在流亡中重新创建起来。这一认识也是布莱希特新创作的基础。

这部叙事剧是由二十七幕独幕剧组成的一个系列，其中每一幕都按照传统剧法写成。有时候，戏剧性因素会在情节发展到看似祥和的末尾时，像镁光一样骤然燃起(走进厨房时，他们是带着一袋土豆援助贫寒家庭的冬赈①工作人员；离开厨房时，他们是把老百姓的女儿从家中抓走的冲锋队员)。其他几幕也都有构思精妙的戏剧情节(如《粉笔十字》中，一个无产者从冲锋队员口中套出了盖世太保及其帮凶镇压地下抵抗运动的诡计)。有时，社会环境中的矛盾，几乎未加改动就搬上了舞台，呈现为戏剧冲突(两个囚犯在看守的监视下在监狱院中放风，彼此窃窃私语，结果发现，两个人都是面包师，一个进监狱，是因为他往面团里掺麸皮，另一个一年以后被逮捕，则是因为他没有把麸皮混入

---

① 冬赈是纳粹党举办的面向底层群众的慈善活动，此处所举的场景出自《冬赈》一幕。

面团)①。

这几幕剧由杜多夫(S. Th. Dudow)精心执导，1938年5月21日首映，受到观众的热情欢迎。这些观众在五年流亡中所共享的政治经历，终于呈现在舞台上。斯皮拉(Steffi Spira)、阿尔特曼(Hans Altmann)、鲁辛(Günter Ruschin)、薛朗克(Erich Schoenlank)——这些演员之前表演政治卡巴莱中的个人节目时，不能做到总是发挥出最佳水平，现在已懂得按照彼此的表现来表演自己的角色，可见，他们已经会娴熟地运用他们中的大多数人九个月前从布莱希特的《卡拉尔大娘的枪》(*Gewehre der Frau Carrar*)中获得的经验。

魏格尔(Helene Weigel)充分发扬了布莱希特戏剧从早期顽强延续到今天这部的传统，她成功维护了布莱希特戏剧艺术中的欧洲标准的权威。如果多留点儿心，就可以在最后一幕《全民公投》中看到，她扮演无产者妇女，生动地反映了大迫害时期地下抵抗运动的精神风貌，令人回想起她在《母亲》中那难忘的角色。

这个系列为德国流亡者的戏剧提供了政治上和艺术上的机会，因而首次明确地证明了流亡戏剧的必要性。政治因素和艺术因素在此融为一体，实际上，显而易见，对于一个流亡演员来说，饰演冲锋队员或者纳粹"人民法院"陪审员，与其他表演任务(比如让一个

---

① 参见《两个面包师》一幕。

好心肠的演员饰演伊阿古[1])相比是迥然不同的：前者肯定不能把移情当作合适的表演手法，正如战士不能"移情"于杀害他同志的凶手。一种与之不同的表演模式，坦白地说就是叙事的表演模式，将会得到公认，甚至大获成功。

这个系列对读者的吸引力毫不亚于对观众的吸引力，也以另一种形式凸显了该剧的叙事性因素。舞台限于环境条件不能调动技术手段，只好从全剧中选择若干幕来演出。这种选择会遭遇到批评意见，巴黎的演出也不例外。读者从所有各幕中都会读到的关键要旨，并不是所有观众都能领会，它可以用卡夫卡富预言性的《审判》（Prozess）中的一句话来概括："谎言变成了世界秩序。"

每一幕篇幅虽短，但都揭示了一件事：第三帝国所引以为豪的恐怖统治，不可避免地使人与人之间的关系臣服于谎言的法则。法庭上的证词是谎言（《执法》）；科学是谎言，教的是一回事，做的又是一回事（《职业病》）；声嘶力竭向公众宣布的是谎言（《全民公投》）；连在临死之人耳边说的，也是谎言（《山上垂训》）；夫妻在他们共同生活的最后一刻，迫于巨大的压力不得不说的话，是谎言（《犹太妻子》）；哪怕人们心中还存有同情心，也要给同情心戴上面具，谎言的面具（《为民族效力》）。在我们所处的国家，无产阶级

---

[1]　伊阿古，莎士比亚《奥赛罗》中的反面人物。

的名字不允许被提起。布莱希特为我们描绘了这样的境地：连农民都不能喂牲口了，免得危及"国家安全"（《农民喂母猪》）。

真理之火，有朝一日将这个国家及其制度焚灭净尽的真理之火，现在还只是微弱的火星。工人被迫要说的谎言，在话筒前夹枪带棒地讲出来，他的讽刺是火星的燃料；地下抵抗者小心翼翼地接头，送别英勇牺牲的同志，他们的默哀是火星；全民公投的传单整张纸上只写了一个"不"字，这就是一点闪烁的火星。

我们可以预期，这部作品不久以后将印制成书，它会为戏剧演出提供一个完整的剧目。这个剧本对于读者的意义，则如同克劳斯（Karl Kraus）的《人类的末日》（*Die letzten Tage der Menschheit*）。也许，只有这部戏剧中才能熔进炽烈的时势，铸成传给后世的铁证。

1938 年

布莱希特诗歌评论

胡蔚　译

评论的形式

众所周知，文学评论与那种用语斟酌、行文讲究的颁奖词有所不同。文学评论考察作品是否经典，同时也就带有了一种倾向性。它仅仅与文本的美和实证内容相关，在这一点上，文学评论与颁奖词更是相距甚远。文学评论这种古老同时具有权威性的文学体裁，服务于一类绝非古老，而且热衷于挑战当下权威的文学，这一事实本身即是深刻的辩证法。

这一事实正契合一句古老的辩证格言：困难成堆，解法自来。今天，阅读诗歌本身已经成为一种要克服的困难。这一困难如何解决？何不完全像解读一部久负盛名、思想底蕴深沉的作品——简言之，经典作品——那样，读一首当代诗歌？制服公牛要抓住双角，考虑到今天诗歌产生的特殊情境，即写诗的困难丝毫不逊于读诗，何不以一部当代诗歌选集为基础，像阅读一部经典那样阅读诗歌？

如果有什么能够鼓励这种尝试，那就是在当下迸发出绝望的勇气的下列认识：巨大的毁灭性灾难明日就会来临，我们与昨日新出炉的作品仿佛已经隔绝了几百年（今天看上去还是青春洋溢的评论，明天可能已经有了经典作品的皱纹；刨根问底的精确今天看上去还显得有些不合时宜，明天有可能就是解开秘密的钥匙）。

下文的诗歌评论也许还能够从另一个方面引发兴趣：对某些人而言，共产主义似乎患有天生的偏执狂。稍微精心一些的阅读，如阅读布莱希特的诗歌，会给这些人带来意外的感受。只要看一看布莱希特诗歌从《家庭祈祷书》到《斯文堡诗集》（*Svendborger Gedichte*）的"发展"，人们都会无法自已地意外于这究竟是怎样发生的。《家庭祈祷书》中的反社会姿态在《斯文堡诗集》中发展成了一种亲社会的入世倾向，但这并不是一种新的皈依。最初的信仰，后来并没有受到唾弃，创作于不同时代的诗集中体现出来的共同性更值得关注。在布莱希特的各种立场中，有一种是找不到的，那便是远离政治、远离社会（nicht-sozial）的立场。本诗歌评论致力于恰恰从纯诗中展现政治维度。

评《家庭祈祷书》

显然，《家庭祈祷书》的题目是一种反讽，它的言语既非来自西奈山，也非来自福音书，它的灵感来自市民社会。市民社会中人们得出的教义与市民社会自己所传播的教义有着天壤之别，《家庭祈祷书》只与前者有关。当无政府状态是王道时，诗人想到，如果在这一状态下确立了市民生活规范的话，那么至少应该点无政府状态的名。资产阶级用以描述自身存在的诗歌形式，完全可以用来毫不走样地呈现他们统治的本质。礼拜时劝导教众的圣歌合唱，百姓深感满足的民间小调，伴随士兵走向战争屠宰场的爱国叙事谣曲，乃至颂扬最廉价的抚慰的爱情歌曲——这些诗歌形式都在《家庭祈祷书》中获得了新的内容：毫无责任感的、反社会的人言说上帝、人民、家乡和新娘，同人们呵斥那些毫无责任感的、反社会的人时说的话一样：不知廉耻，不管是真的还是假的廉耻，都没有。

评《马哈哥尼之歌》

马哈哥尼之歌（第二辑）

谁若留在马哈哥尼，

每天需要五个美元。

如果他有特别算计，

也许还要再多些钱。
但是那时候所有人
都待在马哈哥尼的赌馆里
无论如何都得输，
可也得到了些东西。

1.
在那大海上，在那村子里
所有人都被扒光了皮
于是大家坐下来
要把所有的皮卖掉
因为皮每时每刻都得用美元来抵销。
谁若留在马哈哥尼，
每天需要五个美元。
如果他有特别算计，
也许还要再多些钱。
但是那时候所有人
都待在马哈哥尼的赌馆里
无论如何都得输，
可也得到了些东西。

2.
在那大海上，在那村子里
新鲜的人皮惊人地耗费
总是叫你们痛入骨髓

可谁又为你们酣畅痛饮买单？

皮子，便宜，可是威士忌，很贵。

谁若留在马哈哥尼，

每天需要五个美元。

如果他有特别算计，

也许还要再多些钱。

但是那时候所有人

都待在马哈哥尼的赌馆里

无论如何都得输，

可也得到了些东西。

3.

在那大海上，在那村子里

看得到许多上帝之磨慢慢转动

周围坐着许多人

叫卖着许多皮

因为他们希望白白生活，却不喜欢白白付钱。

谁若留在他的窝里，

每天不需要五个美元

如果他不是没有老婆

也许他不需要额外花钱。

但今天所有的人

都坐在亲爱的上帝的廉价酒馆里

他们无论如何都赢，

可得不到任何东西。

马哈哥尼之歌(第三辑)

在一个灰色上午

正喝着威士忌

上帝来到了马哈哥尼,

上帝来到了马哈哥尼。

正喝着威士忌

我们发现了上帝在马哈哥尼。

1.

你们喝酒难道就像海绵

年复一年糟蹋我的好麦?

没有人想到我会来,

现在我来了,都准备好了没?

马哈哥尼的男人们面面相觑。

马哈哥尼的男人们说,是。

在一个灰色上午

正喝着威士忌

上帝来到了马哈哥尼,

上帝来到了马哈哥尼。

正喝着威士忌,

我们发现了上帝在马哈哥尼。

2.

你们周五晚上笑么？

我老远看到玛丽·威曼

如同一条鳕鱼干游在盐湖里

她不会再变干，我的先生们。

马哈哥尼的男人们面面相觑。

马哈哥尼的男人们说，是。

在一个灰色上午

正喝着威士忌

上帝来到了马哈哥尼，

上帝来到了马哈哥尼。

正喝着威士忌，

我们发现了上帝在马哈哥尼。

3.

你们认识这些炮弹么？

你们枪杀了我的好特派员？

我难道要和你们在天堂里生活

看你们灰白色的酒鬼头发？

马哈哥尼的男人们面面相觑。

马哈哥尼的男人们说，是。

在一个灰色上午

正喝着威士忌

上帝来到了马哈哥尼，

上帝来到了马哈哥尼。

正喝着威士忌，

我们发现了上帝在马哈哥尼。

4.

你们所有人都去地狱

现在把弗吉尼亚雪茄塞进麻袋！

大步向前，到我的地狱里来，小子们，

到黑色地狱里来，你们这些流氓！

马哈哥尼的男人们面面相觑。

马哈哥尼的男人们说，是。

在一个灰色上午

正喝着威士忌

你来到了马哈哥尼，

你来到了马哈哥尼。

正喝着威士忌

你开始了，在马哈哥尼！

5.

现在一个都不许动！

每个人都罢工！抓住我们的头发

你也不能把我们扯到地狱：

因为我们一直在地狱里。

马哈哥尼的男人们面朝上帝：

马哈哥尼的男人们说，不。

"马哈哥尼的男人们"是一群边缘人，只有男人会变成边缘人。只有在那些天生男性气概很强的家伙身上，才能最充分地体现出，人的天性和本能在今天的社会里受到了怎样的损害。边缘人不过是被社会消耗过度的普通人，布莱希特将很多这样的边缘人集合成了一支队伍。他们的反应是最为迟钝的，即便是最为迟钝的反应，他们也只能在集体里做出。为了能够做出反应，他们必须感觉自己处在一个"完整的集体"中，即被称作小市民的普通人。"马哈哥尼的男人们"在说话前，总是要相互张望。他们发表的意见是最微不足道的反抗。凡是上帝告诉他们、问他们的，或是苛求他们的，"马哈哥尼的男人们"都会说"是"。布莱希特指出，这正是接受上帝的集体所必有的秉性。这位上帝自己也是个缺斤少两的上帝。那一句

我们发现上帝

在第三辑的副歌中反复出现，暗示了这一点，而第三辑的最后一节又再次强调。最先获得共同认可的说法是

没有人想到我会来。

但显而易见的是，即便是这种意外情况，也无法改变马哈哥尼男人的迟钝。后面与之类似的是，他们显然以为，他们上天堂的要求不会因为曾经射杀上帝派来的传教士而得不到满足。但第四节终于显示出，上帝有不同的看法：

　　　　大步向前，到我的地狱里来，小子们！

　　此处是诗歌的节点，或用戏剧学的术语来说，是情节转折点。上帝用突如其来的命令给了他们一击。为了了解这一转折的影响程度，必须对"马哈哥尼"这个地方有清晰的认识。马哈哥尼之歌的最后一段对此有明确的交代。诗人对诗歌发生地点的描述，同样是对时代的描述。

　　　　但是今天所有的人都坐在
　　　　亲爱的上帝的廉价酒馆里。

　　作修饰用的"廉价"（billig）一词意蕴丰富。为何这家酒馆是廉价的？它廉价，是因为花不了多少钱就可以成为上帝的座上宾。它廉价，是因为里面的人为所欲为（alles billigen）。它廉价，因为来这里是件便宜的事。亲爱的上帝的廉价酒馆便是地狱。这种表达方式正好符合精神病患者头脑里的丰富想象。发过疯的小个子男人，很容易将地狱想象成一家廉价酒馆的样子，那是天堂里他能够进入的那一部分（圣克拉拉的亚伯拉罕[Abraham a Sancta Clara]会称之为"亲爱的上帝的廉价酒馆"）。然而在他的廉价酒馆里，上帝也就成了和他的老顾客一样的人。他威胁说要把他们送进地狱，并不比把客人们赶出门去的烧酒店老板厉害多少。

"马哈哥尼的男人们"明白了这一点，即使是他们也不至于笨到如此地步，上帝说要把他们送进地狱倒起了点效果。市民社会的无政府状态如同地狱，对于那些已经深陷其中的人而言，没有比这更吓人的了。

> 抓住我们的头发
> 你也不能把我们扯进地狱：
> 因为我们一直在地狱里。

这是第三首马哈哥尼之歌的歌词。地狱与现有社会秩序之间仅有的区别在于，在（被边缘化了的）小市民中，无法清晰地区分可怜的灵魂与魔鬼。

评《抗拒诱惑》

抗拒诱惑

1.

> 别让你们被诱惑！
> 生命不会再来。
> 白天立在门口，

你们可以感到夜风：

明天不会再来。

2.

别让你们被欺骗！

生命本就稀少。

快大口畅饮！

你们不得不放弃它时，

会觉得还没喝够！

3.

别让你们被敷衍！

你们并没有太多时间！

任那得救者覆上霉点！

生命无上伟大：

它不再随时待命。

4.

别让你们被诱惑

服苦役变得削瘦！

你们还怕什么？

你们与所有的动物一起死去

此后再无生命。

诗人在一个小城里长大，在那里绝大多数人信仰天主教；但小市民居民中，已经混进了在大工厂里工作的工人，大工厂就坐落在城区里。由此便可以解释诗歌《抗拒诱惑》中的态度和措辞。神父警告人们要小心诱惑，否则死后下辈子的生活便不会好对付，诗人则警告人们要小心这辈子不好对付的诱惑，他不认为人死后还有第二次生命。诗人的告诫是如此郑重，毫不逊色于神父的祷告，他的断言也不容置疑。同神父一样，诗人毫不含糊地用上了"诱惑"一词，而不加修饰语，还采用了诫勉信徒的语调。诗歌音调如此舒缓庄严，以至于容易让人跳过个别段落，而这些段落允许意蕴丰富的解读，其中隐匿着不为人知的美。

生命不会再来。

解读一：你们不要受宗教信仰的诱惑，相信生命还有来世；解读二：你们不要犯错，你们的生命只有一次。

白天立在门口。

解读一：白天准备起身离开。解读二：白天正是盛大之时（即便如此，已经可以感觉到夜风吹来）。

明天不会再来。

解读一：没有第二天了。解读二：早晨不会再来，生命终结于夜间。

生命本就稀少（*Daβ* Leben wenig ist.）

基彭霍伊尔（Kiepenheuer）私人印刷的版本与后来公开发表的版本"生命本就稀少（*Das* Leben wenig ist.）"有两处不同：第一处不同在于，前者将"别让你们被欺骗"这一节的行骗者骗人的话说了出来，从而使第一行的告诫更加明确；第二处不同在于，后者的"生命本就稀少"这句极其贴切地将生命的贫乏可怜形容了出来，增强了警醒的语气，提醒人们，切勿将任何一丁点儿生命贱价卖走。

它不再随时待命

解读一："它不再随时待命"——这没有为上面一句"生命无上伟大"补充什么内容。解读二："它不再随时待命"——这就意味着"无上伟大的"机会，你们已经失去了一半。你们的生命不再待命，它已经启程上路，踏入冒险之中。

这首诗让人意识到生命短暂得让人震撼。注意德语"震撼"（Erschütterung）一词里用"崩塌"（schütter）作为词根，崩塌之处，便会有断层和空缺出现。正如上文的分析所指出的，这首诗中有大量的空隙，在这些空隙里，文字可以从容不迫地聚集在一起，形成意义，从而加强了诗歌"震撼"的效果。

评《地狱里的有罪之人》

地狱里的有罪之人

1.

地狱里的有罪之人
比人们想象的要热得多。
但是，如果有人为他们哭泣
眼泪就会温柔地滴落在他们的头顶。

2.

但是烧得最厉害的那些人
无人为之落泪
这些人必须在假日里
四处祈求，人们为他们哭泣。

3.

但是没有人看见他们哀求
风儿穿过他们的身体。
阳光透过他们的身体
没有人再能看见他们。

4.

那儿走来了米勒艾泽特

他在美国死去
他的新娘还不知道他的死讯
所以还没有人给他水。

5.
太阳只要一升起
那儿走来了卡斯帕·内尔
没有人，天知道为啥，
为他掉一滴眼泪。

6.
然后走来了格奥尔格·普弗兰策特
一个不幸的男人
他本来是个有主意的人
却毫无价值。

7.
还有亲爱的玛丽
烂在医院里
没有一滴眼泪为她而流：
她也无所谓。

8.
在那阳光下站着贝托尔特·布莱希特
靠着一块狗石

他也没有得到水，因为人们以为

他必定在天上。

9.

现在他在地狱里受到炙烤

哦，兄弟们为我哭泣吧！

不然在周日下午

他总得靠着他的狗石。

在这首诗中，人们很容易看出写《家庭祈祷书》的诗人有着多悠远的渊源，他又是如何从传统出发，漫不经心地将自己最熟悉的东西拿到诗中来，这个最熟悉的东西便是巴伐利亚的民歌。诗歌提到了忍受地狱之火的朋友们，好像路边的圣龛请求往来行人为那些没有做过临终圣事便死去的人们祷告。这首初看非常浅近的诗，其实有着悠远的渊源。它是挽歌的后裔，而挽歌是中世纪文学最伟大的诗歌形式之一。人们可以这样解释：借古代挽歌的形式，表达当下的哀意——现在连挽歌都不存在了。

那儿走来了米勒艾泽特

他在美国死去

他的新娘还不知道他的死讯

所以还没人给他水。

然而，这首诗并不是真的谴责无人落泪。人们也几乎不能臆测米勒艾泽特已经死去，因为，根据导言部分，这部分诗歌是献给他的，而不是为了纪念他。

竖立在这里的圣龛将经受地狱之火的友人一一提及，但同时（二者在诗中是协调的）也把他们当作行人，为的是提醒他们，他们哀求不来任何救助。诗人极为从容不迫地向他们叙述这一点，可惜他的从容不能保持到最后，结尾处他开始怜惜自己可怜的、被世界遗弃在尽头的灵魂。他在阳光中，而且还是在某个周日下午，站在一块狗石前。"狗石"是什么东西？没有人清楚地知道，也许是一块被狗撒过尿的石头。对于这个可怜的灵魂来说，这块石头熟悉得就像是囚犯见到了牢房里那个潮湿的角落——诗人的游戏该玩够了，他在做了那么多不体面的事后，当然也死皮赖脸地祈求众人的眼泪。

评《关于可怜的 B. B.》

关于可怜的 B. B.

1.

我，贝托尔特·布莱希特，来自黑色的森林。
我的母亲带我进城
当时我还在她的子宫里。森林的凉意
将永远留在我体内，直到死亡。

2.

柏油路的大城市是我的家。从一开始
便准备好了所有临终圣餐——
有报纸，和烟草，和烧酒。
最终且怀疑、且懒惰、且满足。

3.

我对人们友善，根据他们的礼仪，
戴上一顶挺括的高帽。
我说：那是些气味特殊的动物
我又说：这没有关系，我也是其中一员。

4.

上午，在我空荡荡的摇椅内
我有时放入一些女人
我漫不经心地打量她们，对她们说：
我身体里居住着一个男人，你们不可以信
任他。

5.

傍晚将至的时候我找来一群男人
我们就以"绅士"相称
他们把脚搁在我的桌子上
然后说：我们将会越来越好。而我不会问：
那是何时。

6.

清晨将至，在灰蒙蒙的拂晓时刻，松林沙沙
作响

你们这些坏蛋，这些鸟儿，开始叫嚷。
这个时候我喝空城里的酒杯然后扔掉
烟蒂，不安地入睡。

7.

我们，一个轻松的家族
坐在屋子里，屋子据说坚不可摧
（我们在弹丸之地建造的房子也是如此在曼哈
顿岛上
还有细细的天线，娱乐着大西洋）。

8.

从这些城市留下来的将会有：穿城而过的风！
房子让食者愉悦：他把房子吃空。
我们知道，我们只是暂居者
而我们身后：不值一提。

9.

在即将到来的地震中，我希望
我的维吉尼亚不至于因为痛苦而离去
我，贝托尔特·布莱希特，流落到了沥青城
从黑色的森林，还在我母亲的子宫里，很久

以前。

> "我，贝托尔特·布莱希特，来自黑色的森林。
> 我的母亲带我进城
> 当时我还在她的子宫里。森林的凉意
> 将永远留在我体内，直到死亡。"

森林里很冷，城里不可能更冷。诗人在母亲子宫里时就已经感觉到和沥青城里一般的寒意，那是他出生后将要居住的地方。

> 这个时候我喝空城里的酒杯然后扔掉
> 烟蒂，不安地入睡。

此处的不安涉及的也许就是让人肢体放松、获得休息的睡眠。睡眠对眠者是不是比母亲的子宫对胎儿更好？很可能不是。没有什么能比害怕睡醒更能使人睡眠不安。

> （我们在弹丸之地建造的房子也是如此在曼哈顿岛上
> 还有细细的天线，娱乐着大西洋）。

天线"娱乐"大西洋的方式一定不是用音乐和读报，而是用长短波等广播的物理手段。诗人在此对今天人们对技术的使用耸耸肩表示不屑。

> 从这些城市留下来的将会有：穿城
> 而过的风！

如果穿城而过的风将在城里留下，那不会再是对这些城市一无所知的旧时的风。城市铺着沥青马路，街上房子林立，墙上有许多窗户，当这些城市毁灭颓败之后，它们将住在风里。

> 房子让食者愉悦：他把房子吃空。

食者指的是施行破坏行动的人。"吃"不仅是指饮食，也有噬咬和毁灭之意。世界变得无比简单，只需考察它是否值得被毁坏，而无需在意它是否值得享用。世界值得毁坏，这成了将所有存在者和谐地团结在一起的纽带。诗人目睹这和谐后感到无比愉悦，诗人是铜嘴獠牙的食者，将世界这座房子洗劫一空。

> 我们知道，我们只是暂居者
> 而我们身后：不值一提。

"暂居者"（Vorläufige）——也许这里说的是"前辈"（Vorläufer）；但是为什么后来发生的事情不值得一提。当他们无声无息地消失在历史中时，问题不是出在他们身上（十年后完成的组诗《致晚辈》中再度出现了类似的想法）。

> 我，贝托尔特·布莱希特，流落到了沥青城
> 从黑色的森林，还在我母亲的子宫里，很久
> 以前。

地点状语的堆积——两行里出现了三次，不能不使人思维混乱。后置的时间状语"很久以前"（它也许错过了与现时的关联），更加强了诗人无依无靠的印象。诗人似乎早在母亲的子宫里就已经遭到遗弃。

读过这首诗的人，就像穿过一道门一样穿过诗人，门楣上 B. B.（贝托尔特·布莱希特的首字母缩写）依稀可见。诗人并不想拦住读者，正如门无法拦住行人。这道门也许几百年前就已经存在，它之所以依然存在，是因为它没有挡住别人的路。不挡住别人去路的 B. B. 名如其人——可怜的 B. B. 。对于不挡任何人的路、无关紧要的人来说，不会再有什么重要的事情发生，除非是下定决心，站到路中央，让自己显得重要起来。这个决定带来了后面关于阶级斗争的组诗。放弃自己才有了新开始的人，将最好地忠于自己的事业。

评《城市居民读本》

城市居民读本(第一首)

与你的同伴们在火车站分手
清晨进城,穿上夹克,系紧纽扣
找一间住所,当你的同伴敲门:
别,哦,别开门
而是
抹去你的痕迹!

当你在汉堡城里,或其他地方碰到你的父母
与他们擦肩而过,拐过墙角,别与他们相认
脱下他们送给你的帽子,遮住脸,
别,哦,别露出你的脸
而是
抹去你的痕迹!

有肉就吃!别节省!
下雨时,走进每间房子,坐到那儿的每把椅
子上
但别坐着不动!别忘了你的帽子!
我告诉你:
抹去你的痕迹!

不管你说什么，别说两遍

若你在别人那里发现你的思想：否认它。

谁若没有给出签名，谁若没有留下肖像

谁若缺席，谁若无言

如何理解他！

抹去你的痕迹！

当你打算死去，留心

墓碑会暴露你的长眠之地

上面清晰的字迹，将你出卖，

死亡的年份，将你指控！

再说一遍：

抹去你的痕迹！

（这是别人对我的忠告。）

阿诺尔德·茨威格（Arnold Zweig）偶尔提起过，这组诗最近几年有了新的解释：它介绍了流亡者是如何在陌生的国度里体验城市的。他说得不错，但人们也不该忘记：为被剥削阶级而战的人在自己的国家也是一个流亡者。在魏玛共和国最后五年从事政治工作，对于有洞见的共产主义者而言等同于隐秘地流亡。布莱希特就是这样度过那几年的，这也成为写作这组诗歌最直接的动机。隐秘的流亡是真正流亡的前奏，也是非法行为的前奏。

抹去你的痕迹！

——这是非法行为的准则。

若你在别人那里发现你的思想
否定它。

——这是一则制约 1928 年知识分子行为的奇怪准则，也是违法者的清晰准则。

若你打算死去，留心
墓碑会暴露你的长眠之地

——这项规定本身也许有些过时，希特勒及其一党会让违法者不必再留心这回事。

在这部城市居民的读本中，城市不仅呈现为生存斗争的场所，也呈现为阶级斗争的场所。前者的无政府主义与《家庭祈祷书》如出一辙，后者的革命立场则联系着后来发表的《三个士兵》。无论从哪个角度看来，城市都是屠宰场。正如同经过战略训练的战地侦察兵对于风景之美最为麻木不仁，也没有谁比布莱希特对城市的各种魅力更加无动于衷——不管是无边无际海洋般的城市楼群，还是城市交通令人心惊胆战的节奏，或者是城市的娱乐工业。布莱希特对城市豪华的无动于衷，对于城市居民的细微反应的敏感，这两点使这

布莱希特诗歌评论 **113**

组诗不同于以往的所有都市诗歌。惠特曼为群众如痴如醉，而布莱希特完全不是这样。波德莱尔看穿了巴黎的衰老，但是他在巴黎人身上只看到了他们背负衰老烙印的地方。维尔哈伦（Emile Verhaeren）试图神化城市，而海姆（Georg Heym）则处处看到灾难即将降临城市的兆头。

对城市居民避而不谈，曾是都市诗歌的重要标志。即便他们出现在德默尔（Richard Dehmel）等人的诗歌中，一同出现的小市民的幻想对于诗歌的成功也是灾难性的。布莱希特显然是第一位知道在诗歌中表现城市居民的重要诗人。

城市居民读本(第三首)

我们不愿走出你的家
我们不愿拆掉灶台
我们要将锅放到灶上。
家、锅和灶可以留下，
你应消失如空中青烟
无人挽留。

若你强要与我们同在，我们将离开
若你的妇人哭泣，我们会拉下礼帽遮住脸
但若他们来搜你，我们会指着你
并告诉他们：这定是你们要的人。

我们不知道，接下来会怎样，也没有更好的
处境。
　　但是你，我们不再需要。
　　在你未走之前
　　让我们放下窗帘，明天不再到来。

　　城市可以有所变化
　　但你不可变化。
　　石头，我们要说服
　　但你，我们要杀死
　　你没有必要生存。
　　不管我们必须相信多少谎言：
　　你不能存在过。

　　（我们这样对我们的父亲说。）

　　德国驱逐犹太人（直到 1938 年的犹太人大屠杀）的
态度正如同诗中所描述的那样。犹太人在被发现时没
有被打死。相反，人们对他们的作为正如这一节所述：

　　我们不愿拆掉灶台
　　我们要将锅放到灶上。
　　家、锅和灶可以留下，
　　你应消失如空中青烟。

对于今天的读者而言，布莱希特的诗歌充满启发性。它精确地展示了纳粹党人为何需要反犹主义，他们需要的是一种戏仿。统治者人为培养的社会对于犹太人的恶劣态度，正是被压迫阶级本来对于统治者天然的态度。对待犹太人——按希特勒的意图——就是要像本来必须对待大剥削者那样。正因为他们对犹太人的恶行并非出自严肃的意图，而是意在对真正的革命行动进行歪曲，这便使得他们的游戏中混杂了虐待狂的因素。而虐待狂是戏仿不能缺少的——以嘲弄"剥夺剥夺者"①这一历史构想为目的的戏仿。

城市居民读本(第九首)
——在不同时间、从不同角度对于
一个男人提出的四个要求

这里你有一个家

这是置放你东西的地方

根据你的趣味重新摆放家具

说吧，你需要什么

钥匙在那里

留在这儿吧。

那儿有个我们的小屋

---

① 参见马克思《资本论》第 1 卷第 24 章第 7 节"资本主义积累的历史趋势"。

有你一个带床的房间

你可以在院子里一起干活

你有自己的盘子

留在我们这儿吧。

这是你睡觉的地方

床铺还算整齐

先头有个男人睡在这里。

如果你很讲究

就在那个圆木桶里涮涮你的锡勺

于是它就又如同新的一样。

放心留在我们这儿吧。

这就是睡房

事办得快些，或者你也可以在这里睡

一个晚上，但要另外收费。

我不会来打扰你

另外我也没有病。

你在这里与别处一样舒服。

总之你可以待在这里。

　　如同前文所暗示的那样，《城市居民读本》为违法
分子和流亡者提供了世界观指南。读本第九首诗歌描
述的社会变化过程，无论是违法分子、流亡者还是无
奈忍受剥削的人都必须面对。诗歌以相当简短的篇幅，

描述了在大城市里逐渐穷困潦倒意味着什么,同时也呼应了组诗第一首的内容。

"在不同时间从不同角度对于一个男人提出的四个要求"中的每项要求都体现了男人不同时刻的经济状况——他越来越穷了。他的房东知道这一点,他们允许他留下自己痕迹的权利也越来越可怜。第一次,房东还提到了男人自己的东西;第二次只提到了他自己的盘子,盘子很难随身携带,而且住客的劳动力还已经归房东支配("你可以在院子里一起干活");第三次,男人完全处于失业的状态,他的私人区域的缩小形象地体现在了涮一把锡勺上;第四次的要求是一个妓女向她穷困的顾客提出的,这时男人再也没有长久的住处,最多只有一个晚上,更不会提及那个男人可以留下什么痕迹。——读完第九首后,第一首中的指令"抹去你的痕迹"就该补上一句才完整:好过他们替你抹去。

值得注意的是四个要求所共有的友好的冷漠——尽管要求苛刻,却依然不失友好,这使人们认识到,这个社会里发生的事情对于外人而言是陌生的。周围的人对他转达这个社会的指令时语气中的友好,证明了周围的人也无法认同这个社会。不仅指令的对象似乎对其言听计从,而且那些面对他的人也接受了社会的现状。他们必须承受的非人条件没有减弱他们内心的友善。这也许是走向希望,抑或是走向绝望的理由——诗人没有对此发表评价。

评《咀华集》

读但丁写给贝阿特丽丝的诗有感

在那依然布满尘土的灵柩里
他不曾亵近的她躺在其中
无论他的脚步声有多少次在她的路上响起
如雷贯耳的依然是她的名字。

因为他命令我们，纪念她
他的诗行为她而作
我们除了倾听他的赞美
便再无可有别的作为。

啊，他鼓动起多少恶俗
当他将如此盛大的赞美
献给那只是仰慕，却从未亲昵过的女孩

自从他单纯观看之后便开始歌咏，
人们便崇拜那越街而去的漂亮外表
和总不淋雨流汗的被追求者。

克莱斯特剧本《洪堡王子》(商籁体)

哦，花园，在边疆的沙地上建成！
哦，鬼魂，飘浮在普鲁士蓝色的夜空！
哦，英雄，因为惧怕死亡而跪倒在地！
展示战士的骄傲和仆人的理智！

脊柱骨，与月桂枝一起折断！
你胜利了，但你没有遵守军令。
啊哈，并不是胜利女神奈基拥抱了你，
带走你的是狞笑着的君侯差役。

于是我们看到了他，反叛的他
死亡的畏惧使他纯净、使他清醒
胜利之树下，死亡的汗水冰冷。

他的剑杖还在身边：断成几截
他没有死，却仰天而卧；
与所有勃兰登堡的敌人一起，躺在尘土中。

　　《咀华集》并非辛勤劳作的结晶，而是优雅闲适
(otium cum dignitate)的产物。如同版画家闲时在画板
边缘随手作画，布莱希特也在写作之余留下旧日研读
的随笔。诗人从案头的工作中抬起头来，视线越过眼
前的现实投向往昔。"商籁诗缜密的花环/在我手中自

然成形/当视线停留在远方"，默里克（Eduard Mörike）如此说道。投向历史深处的随意一瞥，却以最严谨的诗歌形式呈现出来。

在布莱希特后期作品中，《咀华集》与早年《家庭祈祷书》的亲缘关系特别明显。《家庭祈祷书》对我们的道德观念多有指摘，对一系列传统戒律有所保留，但是它不会直截了当地进行批评，而是展现不同的道德观念和姿态，纠正它们在以往文学中的形象。《咀华集》以一系列文学事件和文学作品为题，它的处理方式同样如此，将不同的观念呈现出来，同时，采用商籁体的形式转写它们的内容。这些文学题材能够与商籁体相容，证明了它们的可塑性。

在《咀华集》中，有所保留不意味着没有敬畏之心，毫无保留的崇拜倒是符合野蛮的"文化"观念，在这里，它已经让步于充满保留意见的崇拜。

评《斯文堡诗集》

评《德国战争初级读本》

5.

工人喊着要面包。

商人喊着要市场。

失业者曾经忍饥挨饿。现如今

工作的人也挨饿。

掖在怀里的手，又碰到一起：

它们摩挲着手榴弹。

13.
入夜了。夫妻们
上了床。年轻妇人
将诞下孤儿。

15.
上头的人说：
将流芳百世。
下面的人说：
将走入坟墓。

18.
当走向战场时，许多人不知道
他们的敌人走在队伍的最前头。
命令他们的声音
是他们敌人的声音。
在那儿议论敌人的人
自己也是敌人。

《战争初级读本》的风格非常简洁。"简洁"（lapidar）一
词源自拉丁文 lapis，意为"石头"，用来描述刻在石头
上的碑文风格，它最重要的特征便是短小，一是因为
可以减少刻字的麻烦，二是人们意识到简洁的好处，

尤其当说话的对象是世世代代的后人时。

简洁风格原本的自然及物质前提在这些诗歌中不复存在，那么，人们自然会问，为何采用这种风格？如何解释这些诗歌的碑文风格？其中一首诗暗示了答案，它是这样说的：

> 围墙上写着粉笔字：
> 他们要这场战争。
> 写下这句话的人，
> 已经阵亡。

这首诗的第一行可以作为《战争初级读本》中每首诗的开头。这些碑文并非如罗马人所做的那样刻在石头上，而是地下抵抗战士写在木栅栏上的。

因此，《战争初级读本》的特殊性显现在一个悖论中：人们期待诗歌可以熬过世界末日，而这些文字是被迫害者匆匆写在木栅栏上的。这一悖论凸显了这些由简单文字组成的诗句不同寻常的艺术性。一个无产者的粉笔涂鸦在布莱希特看来，可以用贺拉斯的名句来描述——比青铜更持久（aere perennius），尽管它们很快会被雨水冲刷掉，或者被盖世太保的爪牙抹去。

评《不愿洗澡的孩子》

不愿洗澡的孩子

曾经有小孩
讨厌把澡洗
若是被洗澡
就抹灰上身。

皇帝上门来
登上七台阶
母亲寻毛巾
欲把脏孩擦。

毛巾寻不见，
皇帝已去远
皇帝未见着：
孩子没脾气。

诗人站在了不愿洗澡的孩子一边，他认为，只有当千载难逢的偶然情况恰好都碰到了一起，才会让不爱洗澡的孩子真的有所损失。皇帝不是每天都费力登上七台阶的，他选中去走访的人家又得正好连一块毛巾都找不到。诗歌支离破碎的风格恰好符合这样的情境，各种偶然事件的叠加有些梦幻色彩。

也许人们可以想起另外一个脏孩子的同党或是支持者：傅立叶。他的法伦斯泰尔（phalanstère）不仅是社会主义的，而且还是教育体制的乌托邦形式。傅立叶设想将法伦斯泰尔的孩子分为两组：小乖孩（petites bandes），小皮孩（petites hordes）。小乖孩组从事园艺，承担相关的任务；小皮孩组从事的是最肮脏的工作。每个孩子自由选择加入哪个小组。选择加入小皮孩组的孩子最受到尊重。在法伦斯泰尔，如果没有小皮孩组的孩子先出手，任何工作都不可能进行；虐待动物的行为要受到他们的裁断；他们有两匹小马，风驰电掣穿过法伦斯泰尔；当他们聚集在一处开始工作会议时，喇叭声、汽笛声、教堂钟声、鼓声响作一团。在小皮孩组的孩子身上，傅立叶看到四种强大的激情发生作用：骄傲、不知羞耻、绝不顺从，最重要的是第四种——对肮脏的喜爱（le goût de la saleté）。

读到这里，我们回想起前面说到的小脏孩，不由得要问：他之所以要给自己全身抹上灰，也许是因为社会环境不把他对肮脏东西的激情用在有益的和充满善意的用途上？也许是冒犯性地丢一块石头，一种对于社会秩序的暗暗警告（与古老儿歌里的驼背小人不无相像之处——他把整洁的家搞得一团糟）？如果傅立叶说得有理，那么这个脏孩子没见到皇帝也没有什么大不了。一个只愿看到干净孩子的皇帝除了那些头脑狭隘的愚蠢臣仆，见不到其他人。

评《李树》

李树

院子里立着一株李树，
小到无人相信是李树。
周围树起一圈栏杆，
这样无人可将它踩。

小树不会长得更高。
长高，如它所愿，
只是没有这个可能，
它得不到多少阳光。

得不到人们的信任的李树
因为它从未结过一粒李子
但是它是一棵李树，
人们可以从叶子上分辨出来。

风景在不同组诗里如何出现的例子，可以证明抒情诗歌内在的统一性，同时也可以证明抒情诗视角的丰富。在《家庭祈祷书》里，风景大多以一尘不染、如洗的碧空的样貌出现，蓝天上偶尔有娇柔的云朵飘过，天空下依稀可见坚硬的笔触勾勒出的植被。在诗集《歌谣、诗歌、合唱》中已经没有多少风景，在《冬季的暴风雪》里，风景被风雪掩埋。在《斯文堡诗集》里，风景又时而出现了，苍白而羞涩。如此苍白，以至于在诗歌《有孩子秋千的院子》里的那些木桩，也被归入风景之列。

《斯文堡诗集》中的风景与布莱希特写的另一则故事中科伊纳先生所偏爱的风景相似。科伊纳的朋友听他说，他喜爱他的出租屋院子里枝叶稀疏而矮小的一棵树。他们就请他一起去森林里游玩，却惊讶于他拒绝了他们的提议。"您不是说过，您喜欢树吗?"科伊纳先生回答道："我说的是，我爱我院中的那棵树。"这棵树与《家庭祈祷书》中那棵叫作"绿"的树可以是同一棵。诗人以一篇清晨的致辞向那棵树表示敬意。

> 这真不是轻松的小事，在几栋房子之间，
> 向上生长到这么高，
> 长到这么高，绿树，让
> 风暴能像今天夜里朝您刮来?

这棵在风暴中伸展出枝叶的绿树，生长在一片"英雄的风景"中。(诗人和树以"您"相称，终归和这片风景保持着距离。)随着岁月的流逝，布莱希特写树的诗多了起来，在这些诗里，树和那些从窗户望向院中的人是相像的：平庸而萎顿。一棵不再有任何英雄色彩的树，就是出现在《斯文堡诗集》中的李树。要有一圈栏杆保护它不被踩烂，它还不结李子。

得不到人们的信任的李树(Den Pflaumenbaum glaubt man ihm kaum)

因为它从未结过一粒李子

但是它是一棵李树，

人们可以从叶子上分辨出来。

（第一行的内韵 au 使得第三行的最后一个词 baum 不再适合做韵脚。这个内韵表明李树还没开始生长，就已经奄奄一息。）

科伊纳先生喜爱的院中的树，看起来就是这样。风景和风景曾献给抒情诗人的所有诗情，今天只为他们剩下一片叶子。只有做一位伟大的抒情诗人，才能在今天不再索取更多。

评《〈道德经〉老子出关途中诞生之传奇》

《道德经》老子出关途中诞生之传奇

1.

当老师年已古稀、衰老脆弱，

他内心渴望安宁，

因为这个国家里的善再次变得稀缺，

而恶的力量又一次占了上风。

于是，他系紧鞋带。

2.

于是，他收拾好行李，带上所需之物，
乏善可陈，但尚有些许：
如傍晚所需要的烟管，
和总要阅读的小书。
白馍，适量。

3.

来到山谷他又一次欣喜，
择路入山以后，便忘了山谷的存在。
他的牛因为吃上新鲜的牧草而欢喜，
载着老者，边走边嚼，
对老者而言它已经够快。

4.

但是第四天，在山崖下，
一位关尹拦住了他的去路：
"有没有携带贵重物品需要申报?"——"没有。"
而牵牛的书童，开口道："他是位学者。"
于是，关尹释然。

5.

但是这位关尹先生，兴奋难平，
他还有个问题："那他有没有发现什么?"
书童回答："柔弱的水在运动中

随着时间的推移会穿透强大的石头。

你知道，坚硬的东西终会屈服。"

6.

为了在天黑前赶路，

书童催牛上路。

三者已经拐入一片漆黑的松林中。

突然有人冲向我们的先生：

他喊道："嗨，你！停下！

7.

水有什么含义，老先生？"

老先生停了下来："你有兴趣知道？"

那人说："我只是个关尹，

但谁战胜了谁，我也想知道。

如果你知道究竟，那么说吧！

8.

给我写下来！你来说，这个孩子来写！

这样的东西可不能带走。

我们那儿有纸墨

晚上还有一顿晚餐：我住在那儿。

怎样，成交？"

9.

老者从肩膀往上打量

这个男人：打着补丁的短斗篷。赤脚。

前额上只有一条皱纹。

哦，他没有遇到过贵人。

于是，老者沉吟道："你也?"

10.

要拒绝一个礼貌的请求，

老人似乎已经太老。

于是，他大声说："提出问题的人，

应该获得答案。"书童补充道："天也已经寒了。"

"好，我们短暂停留。"

11.

智者从他的牛上爬下，

他们两人一起写作七天。

关尹带来食物(这一期间，

他咒骂走私者的声音也小了)。

最后终于完成。

12.

于是一天早晨，书童交给

关尹八十一章语录。

感谢他赐予一小份盘缠，

随后他们便拐过松林，消失在山岭中。

你们倒是说说：还有比这更讲究礼数的么？

13.
但是，我们不仅要赞美智者，
他的名字在书上闪耀！
因为人们首先得从智者那里挖掘出智慧。
为此，我们也要感谢这位关尹：
是他向智者提出了这个要求。

　　这首诗歌可以提供一个范例，了解友善在诗人想象世界中所扮演的特殊角色。布莱希特给予了友善一个很高的位置。我们考量他叙述的传奇，便可以发现：一方面是老子的智慧——诗中并没有提到他的名字，这种智慧让他走上流浪的道路；另一方面是关尹的求知欲，诗歌最后感谢这种求知欲，因为关尹从智者那里索求了智慧。但是如果没有第三个因素的参与，这事也绝不会成功——这第三个因素便是友善。如果声称"《道德经》的内容是友善"显得有些站不住脚，但是，按照传奇中的记述，将道德经的传世归功于友善的精神，则完全是有理的。关于友善的描述在本诗中比比皆是。

　　首先要注意的是，友善并非凭空而来：

老者从肩膀往上打量

> 这个男人：打着补丁的短斗篷，赤脚。

　　这位关尹请求时也还算友善，老者先要确认他是合适的人选。

　　第二点，友善并不是顺水推舟地做人情，而是虽然做的是大事，却要显得好像只是做了件微不足道的小事。老子应允了关尹的提问，为了满足他的愿望停留了几日，且将接下去将要永载史册的事件称之为：

> 好，我们短暂停留。

　　第三点，人们认识到，友善并不会消除人与人之间的距离，而是使这种距离感更加生动。在智者为关尹做了这件大事之后，他并没有增多与关尹的交往，不是他自己，而是书童转交的八十一章语录。

　　一位中国古代哲学家曾经说过："古代圣贤生活在最血腥黑暗的时代，却是人们所见过的最为友善和欢乐的人。"诗歌中描写，老子所到之处，便是欢乐。他的牛很欢乐，老者的体重没有干扰它欢乐地吃青草。他的书童很放松，他不为所动地用一句干巴巴的话淡然道出老子贫穷的原因："他是个学者。"关卡前的关尹心情也不错，正因为如此，他才会灵机一动，福至心灵，前去追问老子的研究成果。而智者自己又何尝不是欢乐的呢？他能够拐入山林中便忘却方才自己为之倾心的美景，如果不能忘记对于未来的忧愁，他的智慧又有何用？

在《家庭祈祷书》中，布莱希特为世界的友善写了一曲叙事歌谣。一共三件事：妈妈为你裹上襁褓；爸爸抓住你的手；人们在你的棺材上洒上泥土。有这三件事，就够了。因为诗歌最后写道：

> 几乎每个人都爱过这个世界
> 如果人们给他撒过两把土。

世界在人生最艰难的时刻展示了它的友善之处：诞生之时，学走路时，以及最后离开世界的时刻。这是人性最微小的实现。在老子诗歌里又再次得以体现在下面这句话里：

> 你知道，坚硬的东西终会屈服。

这首诗诞生时，这句话对人们来说如同启示般振聋发聩，丝毫不逊色于任何救世主的预言。对于今天的读者而言，这不仅是一句启示，也是一个教导。

> 柔弱的水在运动中
> 随着时间的推移会穿透强大的石头。

这两句诗教导我们，不要忽视事物是不定的和可变的，要重视那些毫不起眼却又现实、如同水一样永不枯竭的东西。这位辩证唯物主义者会想到受压迫者的事情（对于统治者而言毫不起眼的事情，对于受压迫者却是现实，而且现实的后果是永不枯竭的）。最后第三点，诗歌中除了启示和理论还有道德：谁若要战胜坚硬的东西，不要放过任何表达友善的机会。

1938—1939 年

什么是叙事剧？[第二稿]

曹旸　译

一、放松的观众

"没什么是比躺在沙发上读一本小说更美妙的了。"上世纪的一个小说家这样说。这表明阅读一本叙事作品可以给人带来多么放松的享受。戏剧观众给人的印象则大概与之相反——他们紧绷神经，紧张地关注着戏剧进程。（布莱希特作为理论家为其诗学实践所提出的）叙事剧概念首先意味着，这种戏剧希望自己有放松的、松弛地关注着情节的观众。观众当然总是作为集体出现，因而有别于独自面对文本的阅读者。观众也正是作为集体，经常觉得自己有必要迅速做出表态。但是布莱希特认为，这种表态应该经过深思熟虑，因而是放松的表态，简言之，感兴趣者的表态。叙事剧为观众的参与，准备了双重的对象：其一，所演事件，它必须是这样的事件，能让观众在关键的地方根据自身经历加以检验；其二，表演，就其技巧设置而言，应当是透明的(透明与"简陋"完全相反，它实际上以导演的艺术领悟和敏锐为前提)。叙事剧面向感兴趣的人，他们是"没有理由思考就不思考的人"，这个说法正符合有条件地运用思考能力的广大群众，他们从未淡出布莱希特的视线。他努力通过完全不同于单纯教育的途径，让他的观众像行家一样对戏剧感兴趣。这一努力中贯穿着一种政治上的意图。

二、故事情节

叙事剧应该"消除舞台表演中耸动视听的题材"，因此，老故事往往比新故事对叙事剧更有用处。布莱希特考虑过这样一个问题：叙事剧所展现的事件，应不应该是早已众所周知的？他认为，叙事剧对待故事情节犹如芭蕾舞教师对待女学生，第一步就是让她将全身关节放松到极限。(中国戏剧实际上就是这么做的。布莱希特在《中国的第四堵墙》中谈到了中国戏剧所给予他的教益。参见"The Forth Wall of China"，in *Life and Letters Today*，Vol. XV，No. 6，1936。)如果戏剧要选取众所周知的事件，那么"首先历史故事将是最合适的"。通过特定的表演方法、招贴画、文字说明，将这些故事加以叙事化地舒展，就会消除其耸动视听的性质。

按照上述方法，布莱希特在其近作中以伽利略的生平为对象。他首先将伽利略表现为一位伟大的教师。伽利略不仅教授一门新的物理学，而且以新的方法教授。科学实验在他手中不仅征服了科学，也征服了教学法。这部戏剧的重点不在于伽利略宣布放弃他的学说。相反，真正的叙事性情节，可以从倒数第二场的文字说明中清楚地看到："1633 年到 1642 年，伽利略被宗教裁判所监禁，仍继续科学研究，直至去世。他成功地将他的主要著作偷偷运出了意大利。"

这部戏剧与时间进程的联系完全不同于悲剧与时间进程的联系。因为戏剧张力更取决于单个的事件，而非结局，叙事剧也就可以覆盖极广的时间跨度。（中世纪神秘剧也曾同样如此。《俄狄浦斯王》或者《野鸭》①的戏剧理念则与叙事剧截然相反。）

三、非悲剧性主人公

法国古典戏剧在舞台上演员中间，为显贵人物留出了座位，把他们的安乐椅搬到了场上。这种做法在我们看来并不合适。类似地，按照我们眼中戏剧惯有的"戏剧性"概念，如果要给台上情节配备一个不参与其中的第三者，作为清醒的观察者，作为"思想者"，

---

① 《野鸭》，易卜生的五幕戏剧。

那也是不合适的。布莱希特多次考虑过相类似的问题。更进一步可以说，布莱希特曾尝试将思想者，甚至智者变成真正的戏剧主人公。正是由于这一点，他的戏剧才能被定义为叙事剧。他向前推进得最远的尝试当数搬运工加利·盖这个人物。加利·盖是剧本《人就是人》的主人公，他本身不过是一个现场，其中上演着构成我们社会的种种矛盾。或许按照布莱希特的看法，将智者称为矛盾的辩证法的完美现场也并无不可。无论如何，加利·盖是一个智者。柏拉图早已清楚认识到至高的人即智者的非戏剧性。他在他的对话录中将智者引到戏剧的门前——在《斐多篇》中则将智者引到受难剧的门前。中世纪的耶稣基督，正如我们在教父著作中看到的，也是智者的代表，是出类拔萃的非悲剧性主人公。即使是在西方的世俗戏剧中，对非悲剧性主人公的追寻也从未停止。这种戏剧经常与戏剧理论家们相左，一再以新方式偏离原本的悲剧形态，也就是偏离希腊悲剧。这条重要却隐而不显的道路（道路在这里是代表一种传统的意象），在中世纪经过罗斯维塔和宗教神秘剧，巴洛克时代经过格吕菲乌斯（Andreas Gryphius）和卡尔德隆（Calderón de la Barca），其后又在伦茨、格拉贝，最后在斯特林堡那里显露。莎士比亚的一场场戏剧是树立在这条路旁的纪念碑，歌德在《浮士德》第二部中也与这条路相交。这是一条欧洲的路，但也是一条德意志之路。与其称之为一条大路，毋宁说是一条隐蔽的走私小道，沿着这条小道，中世纪戏剧和巴洛克戏剧的遗产才到达我们这里。这条羊肠小道今天尽管仍旧荒凉芜乱，但终于又在布莱希特的戏剧中重见天日。

四、中断

布莱希特以其叙事性戏剧，与亚里士多德所阐发的狭义戏剧性戏剧分庭抗礼。因而布莱希特创立相应的非亚氏戏剧理论，就如同黎曼创立非欧几何。这个类比或可说明，上述戏剧形式之间并非竞争关系。黎曼取消了平行公设，布莱希特戏剧则废除了亚里士多德的净化（Katharsis），净化即通过同主人公激动人心的命运产生共鸣以宣泄感情冲动。

叙事剧演出的理想观众，兴趣是放松的，其特殊之处正在于，观众的共鸣能力几乎不被唤起。相反，叙事剧的艺术是制造惊愕以取代共鸣。简言之：观众不应与主人公共鸣，而应学会惊愕于主人公活动的环境。

布莱希特认为，叙事剧的任务不是充分展开很多情节，而是展现各种状况。但是这里的展现并不是自然主义理论家的所谓再现，而是首先要发现状况（也可以说是将这些状况陌生化）。发现（或陌生化）状况是借助中断进程而实现的。举一个最简单的例子：一个家庭场景。突然闯入一个陌生人。这时妇人正要抓起一件铜器砸向女儿，父亲正要打开窗户，想喊警察来。就在这一刻，门口出现了这个陌生人。"画面"——正如 1900 年前后常用的一个词。就是说，这个陌生人面对着这样的状况：慌乱的神情、敞开的窗户、砸得稀烂的家具。但从某种视角来看，即便是市民生活中更习以为常的场景，其实也与之相差无几。

五、可引用的姿态

"每一句话发挥的效用，"布莱希特在一首讲戏剧理论的教育诗中写道，"都要等待和揭示。一直等到大众将句句话仔细斟酌。"简言之，表演中断了。更进一步还可以想到，中断是所有形式塑造的基本手法之一，远不止在艺术领域发挥作用。仅举一例：引用就以中断为基础。引用文本就要中断引文与上下文的联系。因此，建立在中断之上的叙事剧，理所当然地是特定意义上可引用的戏剧。戏剧文本是可引用的，这也许还不稀奇。但姿态存在于戏剧表演过程的现场，这就不同了。

"把姿态表演成可引用的"，是叙事剧的根本成就之一。叙事剧演员必须像排字工人排字一样排开他的姿势。为了达到这个效果，演员可以在舞台上引用他自己的姿态。于是在《皆大欢喜》(*Happy End*)中可以看到，扮演救世军军士的内尔①女士在水手的酒馆里为

---

① 内尔(Carola Neher，1905—1942)，德国女演员，出演过布莱希特的《三毛钱歌剧》《屠宰场的圣约翰娜》等剧。

了劝人改变信仰，唱了一支在酒馆唱比在教堂唱更合适的曲子，而她又要在救世军会议上引用这支歌和她唱歌时的姿态。同样在《措施》中，共产党员们在党的法庭上不仅自己做了报告，而且表演了他们之前所反对的同志的一系列姿态。叙事剧中极微妙的艺术手法，在教育剧的特殊情况下，则成了直接目的之一。此外，叙事剧在定义上就是姿态的戏剧。因为越是频繁地打断一个行动中的人，所得到的姿态也就越多。

六、教育剧

叙事剧总是为演员所准备的，正如它是为观众所准备的一样。教育剧独树一帜的根本特征就在于设备极其俭省，从而简化和促进了观众和演员、演员和观众角色的相互转换。每一个观剧者都将可以成为同台演出者。而且实际上，扮演"教育者"比扮演"主人公"更为容易。

发表在杂志上的《林德伯格的飞行》①的初版中，飞行员这个人物还是主人公。初版也以赞美他为主旨。

---

① 林德伯格（Charles Augustus Lindbergh，1902—1974），又译林白，1927年驾驶飞机从纽约飞抵巴黎，成为历史上首位单人不着陆飞行横跨大西洋的人。1929年，布莱希特与人合作创作教育剧《林德伯格的飞行》（*Der Lindberghflug*）。次年，布莱希特完成了修改稿《林德伯格们的飞行》（*Der Flug der Lindberghs*）。

幸好经过布莱希特自己的修改——这很给人以启示——才有了第二版。——这次飞行之后的一段日子里，极其兴高采烈的情绪曾席卷两个大洲。但情绪就像轰动一时的新闻一样，很快就烟消云散了。布莱希特在《林德伯格们的飞行》中努力分解"体验"的光谱，从中提取出"经验"的色彩。这种经验只可能从林德伯格的工作，不可能从观众的激动情绪中汲取，而且要传导给"林德伯格们"。

劳伦斯（T. E. Lawrence），《智慧七柱》的作者，入伍空军时曾给格雷夫斯（Robert Graves）写信说，他这一步对于今天的人，显得就像是入籍修道院对于中世纪的人。从这番话中又可以看见《林德伯格们的飞行》以及其后的教育剧所特有的张力。教会的严厉被用在传授现代技术上——这里是传授飞行的技术，以后还有传授阶级斗争的技术。后者在《母亲》一剧中得到了最全面的表现。布莱希特大胆地恰恰让一部社会剧摒除了观众十分熟悉的共鸣引发的效果。他清楚这一点；在纽约上演这部剧作的时候，他为当地工人剧团写了一首书信体诗，其中说道："好些人问我们：工人也会理解你们吗？工人会舍弃习惯了的迷魂药、不追随他人的奋起和胜利而心潮起伏吗，会舍弃令人慷慨激昂两小时后筋疲力尽，只留下模糊记忆和更模糊的希望的幻影吗？"

七、演员

　　叙事剧和电影胶片的图像一样，分片段展开。基本的展开形式是剧中一个个界限分明的场景像楔子一样相抵。歌曲、文字说明和重复出现的姿态，将每一个场景划分得泾渭分明。于是，产生了许多削弱观众幻觉的间隔。间隔遏制观众的共鸣意愿，旨在使观众能够（对剧中人物所表现的态度和对表现人物的方式）采取批判的态度。讲到表现方式，叙事剧中演员的任务就是在表演中证明，他保持着冷静的头脑。对他来说，移情（共鸣）也是几乎不适用的。戏剧性戏剧的"演员"并不总是能完全胜任叙事剧的表演方法。或许从"演戏"这个概念出发，才能最无成见地靠近叙事剧。

　　布莱希特说："演员必须表现一个事物，也必须表现自己。通过表现自己，他自然地表现事物；通过表现事物，他表现着自己。尽管二者同时进行，但不能完全混同以至于使两个任务的差别消失不见。"换言之，演员应该保留艺术性地跳出角色的可能性。演员应该坚持在特定时刻示范出一个反思（自己的角色）的人。倘若有人在这一刻联想到浪漫派的反讽，比如蒂克（Ludwig Tieck）在《穿靴子的公猫》（*Der gestiefelte Kater*）中所用的反讽，那就错了。浪漫派的反讽没有教育目的；它归根结底只是证明了，作者在哲学上博识多闻，写作的时候一直牢记：这个世界或许到头来也只是一场戏罢了。

正是叙事剧中的这种表演方式会让人不经意间认识到，在戏剧领域中，技艺的利益与政治的利益是多么一致。请想想布莱希特的独幕剧系列《第三帝国的恐惧和苦难》。显而易见，如果要求一个流亡的德国演员模仿一个党卫军或纳粹人民法院的成员，其意味根本不同于要求一个好丈夫、好父亲扮演莫里哀的唐璜。对前者而言，移情很难成为合适的表演手段——流亡者怎么可能移情于杀害自己战友的凶手。在这种情况下，一种不同的、保持距离的表现模式将具有新的合理性，或许会大获成功。这种模式将是叙事剧的模式。

八、讲台上的戏剧

要定义叙事剧的目的，从舞台的概念出发比从新戏剧的概念出发更容易。叙事剧考虑到一个仍然鲜为关注的情况。这情况可以被称为填平乐池。乐池这道深渊，将演员和观众就像死者和生者一样隔断；这道深渊，它的沉寂在话剧中增添庄重，它的声响在歌剧中增添迷醉；这道深渊，在舞台的所有组成部分中，最不可磨灭地保存着舞台的神圣起源的痕迹，已经越来越失去了它的意义。舞台依旧高耸，但再也不是从不可测的深处升起，而是变成了一方讲台。教育剧和叙事剧，就是在这个讲台上进行的试验。

1939 年

布莱希特谈话录
本雅明日记笔记选

曹旸 译

［笔记］1929 年

布莱希特有句话值得注意：天知道我们为什么如此孤立，以至于无法和我们的对手为敌。

勒拉旺杜 1931 年

6 月 3 日。勒拉旺杜（Le Lavandou）的波坦尼埃（Potinière）旅馆。天上正刮着冷风。我在这儿与布莱希特、黑塞-布里（Emil Hesse-Burri）、豪普特曼（Elisabeth Hauptmann）、布伦塔诺（Bernard von Brentano）夫妇以及格罗斯曼（Marie Großmann）会面。和布莱希特谈话的所有内容自然都应该记录下来，谈话涉及的主题五花八门：黑格尔辩证法的唯物主义之友的国际协会、一部犯罪题材戏剧的构思、对席勒的批判，最后——昨天——还谈了一小时的普鲁斯特，当时格罗斯曼也在场。但是我更想记下另一个场景，因为我在当时表现出来的举止，让我自己也感到不可捉摸。那天我独自一人向圣克莱尔(St Clair)海滨走去。这是很长一段时间以来我第一次独自散步，甚至是第一次散步。路上，一丛树篱上的玫瑰映入我的眼帘，我折下一朵，玫瑰香气异常，果然没有令我失望。我折去花茎最底下的刺，把玫瑰握在手里。回来的路上我路过一丛芍药，想起很多年前尤拉(Jula Cohn)送我作生日礼物的花束也全由芍药扎成。我用力折断一小枝芍药，把它和玫瑰一起夹进我随身带着的茹昂多(Marcel Jouhandeau)的《理发师日记》(*Journal du Coiffeur*)。当我经过布莱希特和其他人居住的马-贝罗(Mar-belo)别墅时，突然想要上门拜访。虽然我告诉自己，他们肯定正在吃饭，但我还是向那儿走了去。长时间以来的第一次独自散步让我有些随性，之所以向那里走去，更重要的原因是，我跟着一个身穿红色海滩衣、蓝色裤子的漂亮姑娘走得有些累了，她在暮光中走在我前面宽阔的街道上。再糟糕不过的是，她突然遇上一个朝她迎面走来的男人，停下来和他说着话，这样我就得从她身边走过。于是我转而走入通向别墅的小路，走进了前厅。看见我进来，布莱希特走到饭厅门口迎接。尽管我请他坐回饭桌边，但他马上陪我走进旁边的客厅。我们就在这儿谈了两个小时，直到我觉得该走了，谈话中有时只有我们两个，有时还有别人，当然大多时候格罗斯曼女士都在。我取出我的书，大家看见里面的花，就开玩笑地指指点点起来，我窘迫不已，进门前还自问过干嘛要让人看见这些花，何不直接把它们扔掉，但也没想到会如此尴尬。天知道我为什么没那么做，当时一定是有一股倔脾气发作。我自然知道，这花不可能送给豪普特曼，那我也希望把它至少像一面旗子那样立起来。但是这个打算也彻彻底底失败了。在窃窃私语的笑声中，我反讽式地把芍药送给布莱希特作礼物，那朵玫瑰则自己留着。但是他当然不会收下芍药。最后我把芍药整个埋入我身边一个种满蓝花的大花盆里，那朵玫瑰则从上插入蓝花中间，于是看起来就像一个特殊的园艺品种一样，一株蓝花中又分出了一枝，于是玫瑰也更鲜明地立在那里。一丛蓝花上终于升起了我的旗帜，而且这丛蓝花好像就是为这面旗帜所准备的。

前一天晚上和布莱希特、布伦塔诺、黑塞-布里在中央咖啡馆谈话。聊到了托洛茨基。布莱希特认为，有充分理由可以说，托洛茨基是欧洲在世的最伟大的作家。布莱希特提及一段轶事，是托洛茨基书中对列宁刚到列宁格勒的那几天的记述。托洛茨基描述了列宁刚抵达列宁格勒时在党内处于怎样完全孤立的境地以至于最后在一次至关重要的表决中，列宁表示如果遭到多数人的反对，他就选择离开。布莱希特曾和布里克(Ossip Brick)说起这事，有些不安地问他，他怎样看待这个可怕的传言，怎么评论列宁这些无纪律的言论。布里克的回答是——布莱希特非常钦佩地复述道："这就像树干对叶子说'我要离开'。"

6月6日。布莱希特将卡夫卡看作一位预言作家。他谈起卡夫卡时说，他就像了解自己的口袋一样了解卡夫卡。但是这话是什么意思，并没有那么容易搞清楚。无论如何他确信，卡夫卡只有唯一一个主题，作家卡夫卡的丰富多彩正是他那一个主题的繁复变奏。这个主题，按照布莱希特的理解，就是最普遍意义上的惊愕。一个人，感觉到所有的关系都开始滑动偏移，自己又不能融入新秩序，于是感到惊愕。因为新秩序——我相信我正确理解了布莱希特——是群众的存在必然强加到群众本身和每一个个人身上的辩证法则所决定的。这一法则的出现，表露出存在的扭曲，个人必然要在混杂着张皇失措的惊愕当中，对存在几乎不可思议的扭曲做出回应。——卡夫卡，在我看来，受这一变化影响如此之深，以至于无法将任何事情按我们的理解不加扭曲地呈现出来。换言之，他所描写的所有东西，无不是对身外之物发表的陈述。作家不得慰藉的、绝望的目光，本身就是对被扭曲之物持久而虚幻的存在的回应。卡夫卡的这种态度使得布莱希特将他当作唯一真正的布尔什维克作家。卡夫卡执着于他那一个而且唯一一个主题，会让读者觉得他是一个固执的人。但这种印象本质上不过是一个征兆，表明卡夫卡已经与纯粹的叙事散文决裂。他的散文也许什么也没有证明，但无论如何都有这样一种性质，可以随时置入证明的语境。这会让人想起《哈加达》的形式，也就是犹太人的《塔木德》中的典故和轶事，这些故事用于解释和确证教义——哈拉卡。教义学说本身，卡夫卡当然没有宣讲过，它们只能被试着从人们惊愕的、因恐惧而产生的或唤起恐惧的举止中解读出来。

卡夫卡经常把他最感兴趣的行为方式安排在动物身上，这一点也许可以给理解卡夫卡提供一些启示。这些动物故事人们可能读了好长一段时间而完全没有发现，它们说的根本不是人。直到第一次撞上动物的名称——老鼠或者鼹鼠——人们才像受了一击一样地醒过来，发现自己离人类王国已经非常之远，就像未来社会和自己离得一样远。卡夫卡将自己的思想糅入动物的思想，动物世界有着丰富的指涉。其中出现的总是地下动物，比如老鼠和鼹鼠，或至少也是《变形记》里爬在地面上、缩在沟沟缝缝里的甲虫。只有这种畏缩的状态，在作家看来，才切合他这一代的和他周围的孤立的、不懂法的人。

布莱希特将卡夫卡——K 这个人物——和帅克对比：前者觉得什么都奇怪，后者觉得什么都不足为奇。帅克眼中没有什么是不可能的，就这样，他检验着自己所置身的存在有多么异乎寻常。他已经领悟到，现实状况就是如此，他早已不再向现实期盼任何法则。

相反，卡夫卡却总是向法迎面奔去，甚至可以说，将自己的脑门撞得直流血（参见《鼹鼠》，见 Kafka：*Beim Bau der Chinesischen Mauer*. Berlin 1931，S. 213）[1]，但是他所生活于其中的物的世界中已经根本不再存在什么法则。体现着新秩序的法则的所有事物，都与新秩序相抵牾；正是新秩序的法则，将体现着它的所有物、所有人的扭曲变形。

6月7日。几天前和布伦塔诺谈话时，布莱希特有一条评论，让我觉得有记录下来的价值。布伦塔诺那时又吹起牛来，大谈脑力劳动者的革命化、知识分子的处境云云，而布莱希特猛然想到，知识分子的处境到底坏在了哪里，革命会给他们带来怎样的前景。"知识分子，根本没有劳累过度。如果说有一些医生或律师工作辛苦，他们承担的工作也无法与无产者的相比。归根结底原因在于，他们到了六十岁却什么也没有留下，想知道自己这么些年来到底做了些什么，"布莱希特激动地喊起来，"但这已经是非分的要求。上帝恩典，他们马上就会嗝儿屁，但是已经太晚了，倒不如早几年。"一两天以后我们又谈到了知识分子革命化的问题，我说超现实主义者品位低劣，使得他们在法国更容易结成一派，德国作家的诉求太广，反而排抑了

---

① 《鼹鼠》(*Maulwurf*)，卡夫卡的短篇小说，又名《乡村教师》(*Der Dorfschullehrer*)。

联结的可能。但是只有对于一个集体来说，降低品位才是对的；对于个人来说，这么做通常是错的。

6月8日。和布莱希特度过了一个非常奇特的下午。最近每天都听见他在谈论"原则"，终于因为我的抗议突然转变了话题。我请他且停一停对观念的搜寻，转而对人的行为方式做一些考察，我现在也不知道自己怎么提出了这个要求。我的建议最后落在我最爱的问题居住上面。布莱希特很积极地接过了这个话题，不同寻常地描述了他自己的居住方式，我则举出另一种与之相对的居住方式——不过没有把它确定为我自己的居住方式。当时有人把我们的思路完整记了下来，现在我凭记忆把谈话复述在这里。我们两人都将自己所举的居住方式理解为辩证的，并且将它们以极端的形态呈现出来。布莱希特首先举出一种"共拟式"居住，这种居住同时塑造着居所的环境，将环境安排得合适、顺从、熨帖，居住者以自己的方式在这个世界中安顿下来。布莱希特又举出他与之相对的另一种居住方式，那就是到处只是客居的姿态，居住者拒绝为服务他的东西承担责任，他坐在椅子上，感觉受到了椅子的邀请，但有些时候又感觉椅子在下逐客令。我则试图从一种完全不同的角度辩证地探讨居住，但是又说服布莱希特相信，我的说法只是对他说法的一种转述改写。我区分出将习惯的最大值交给居住者的居住和将习惯的最小值交给居住者的居住。两个极端都是病态的，而它们与布莱希特举出的两种居住方式的不同点在于，这两者相互排斥，而布莱希特所举的两者相互靠拢。将习惯的最大值交给居住者的居住，是女房东出租装修良好的房间时所期待的那种居住。房间设备要求人和道具一样，人变成设备的功能之一种。这里，居住者和物世界的关系与"共拟式"居住中的判然不同，这里的物（无论是不是法律意义上的所有物）会被严肃对待，而在"共拟式"居住中，物差不多起着舞台布景所起的作用。可以说：前者是住在设备里，而后者是住在家里。习惯的地位，在"共拟式"居住中相对难以确定，而在客居中则可以完美地用尼采的一句话来定义："我爱短暂的习惯。"①最后第四种居住方式，将习惯的最小值交给居住者的居住，就是挥霍。女房东也非常熟悉这种居住方式，暴躁的房主和用坏的家具是这种居住方式的核心特征。挥霍是摧毁式的居住，肯定不会让任何习惯形成，因为它不断地将它赖以立足之物清扫出去。

6 月 12 日。昨晚和施拜尔（Wilhelm Speyer）夫妇在马-贝罗别墅楼顶。这实际上是布莱希特第一次和施拜尔接触，他们谈得不错，我感到很高兴。布莱希特前几天的状态原本就不错，而这次我们更是有幸听他说起他的童年时光，而且他讲的事情令施拜尔产生了

---

① 尼采《快乐的科学》第 4 卷第 295 节。

特别的感触。首先他讲到他在学校里上过的军事课：各班学生在莱希(Lech)河畔干仗，用锡兵在花园里作战。他讲述的校园经历，立时就让人回想起克劳斯对待学校的态度。布莱希特说："我们学会了日后我们用得着的所有东西。教师对我们来说纯粹是这样一种人：警敏，凶恶，令人捉摸不透，不公平。对他们耍滑、使诈、找借口——这些都得学。我们要在数学课上做英语作业，在英语课上做德语作业——这些也都得学。"但他最仔细谈的，还是上面说到的锡兵打仗的游戏。"有时我们聚在一起，把四五千个锡兵投入战斗。战斗有确定的规则。步兵每次只能移动一步，而骑兵可以移动两步。只有锡兵保持进攻游戏才能继续下去，否则战斗立刻就变得索然无味。"布莱希特介绍了一次具有历史意义的远征，他的一个小伙伴成功地指挥一队 300 名士兵在没有掩护的条件下穿越了一片草地，最后 180 人到达目的地，在此期间，装填着火药的小火炮向正在行军的队伍开火，更关键的是得有人在一旁取走被击中的士兵，否则他们也不会自己倒下。这的确是一番杰作，只要想想，光是动手摆完这一趟远征就得花去几个小时的时间。这次战斗中用硬纸板标出了村庄，小溪上搭起浮桥让士兵通过，又把树根当作山脉。此外布莱希特还向我们打保票说，他那时候对世界历史上的一系列重大战役了如指掌，研究过高卢战争和腓特烈大帝的所有战役，他相信他如今仍然能够复盘滑铁卢战役。

今天早晨九点他就来到我这儿，正好可以让他把他的少年故事继续讲下去。当然这回讲的是后来的岁月，按他自己的说法，他那时"情绪高昂"，因为柏林传来的政治新闻撼动了他的信念，他之前以为，德国还要等上好些年才会有革命的形势。原来转折可能骤然来临，他根据他对群众的几点观察，得出了这样一个结论，这里我就把他非常有趣的观察结果简单记下来：资本家的智力越来越相互隔绝，群众的智力则越来越联结起来；无产者具有不可腐蚀的现实感；可以用任意的许诺打发无产者，但是当事人即便真的愿意，也无法信守许诺，这些许诺只能提上无产阶级自己的议事日程，这是他们和知识分子截然不同的一点；而且资本主义现在已经到了一个关口，即使是它善意的承诺，也已经在群众中丧失了信用。——群众希望自己被当作一个人来对待，这是和群众打交道时的主要原则。布莱希特将全部这些经验归结于他所经历的革命最初的阶段，尽管他当时在慕尼黑的职位只是一个下级军医，但他实际管理着军医院的一座性病患者收容站。他管理的这个站点，是唯一一家病人没有从棚屋搭成的医院里溜号的——他所使用的规则是别处也施行不了的。布莱希特风趣地介绍了他用了哪些办法才做到了这一点。首先他尝试让患者们自己组织起来，说服其中最机灵最壮实的几个头头儿站到自己一边。其次他和患者们结成了非法活动的统一战线，他为他们骗来被褥，为他们抢来煤炭，等等。他特别有优势的一点是，他比其他医生更懂得熟练地注射。"我可以熟练地注射——但我也可以不熟练地注射。"这时他给我示范了一段精彩的独角戏，他怎样给一个做了坏事、心里有鬼的病人打针，他在准备注射时慢慢摆出激动的架势，让当事人一看到针头吸取注射液就明白让这个激动到快要发狂的医生来打针会是一件多痛苦的事。有时他也需要集体行动，比如一个晚上把被褥搬进大寝室，全部铺上。我们聊到德国的局势时，他又提到，集体行动是可以考虑的方案，但给出的理由非常奇特。假设他是柏林执行委员会的成员，他会制订一个五日计划，要求在五日期限内至少清除二十万柏林人，不管目的是什么，哪怕是为了把人"搬进来"。"如果成功执行的话，那么我就知道，至少有五万无产者，作为执行者，参与了进来。"

6月17日。和布莱希特好几次聊起叙事剧，有时施拜尔在场，有时卡罗拉·内尔在场，这里记下了主要内容：布莱希特在现代作家中，似乎将凯泽（Georg Kaiser）视为斯特林堡以外最伟大的技术专家，尤其将他的《被解救的阿尔喀比亚德》（*Der gerettete Alkibiades*）视为叙事剧的主要作品和示范作品。他认为凯泽是最后一位唯心主义剧作家，但是他使戏剧技术达到了新的标准，在这一高度上戏剧技术已然不再适用于唯心主义的目的。他是转折点上的剧作家。叙事剧的其他范例来自卡尔德隆和莎士比亚。我特别提到卡尔德隆的《伟大的芝诺比娅》(*Die große Zenobia*)和《嫉妒：最可憎的怪物》(*Eifersucht，das größte Scheusal*)，布莱希特请求我有机会时向读者介绍这两个剧本的内容概要，接下来谈了莎士比亚。他又一次说起他最爱的段落，母亲对儿子讲的那番话。这番话要说动科利奥兰纳斯撤离罗马，尽管话本身粗劣陈腐到无以复加，却成功地实现了目的。"这是一个奇迹，"布莱希特说，"莎士比亚竟能写出这样的演说，天知道他费了多少心思才想出来的。"但正是借这番话，母亲实现了目的。母亲说话可能起的作用，科利奥兰纳斯在母亲开口前就知道，他明白自己的处境。"我已经坐得太久了。"他只说了这样一句话。① 莎士比亚的另一个例子，我说起葛罗斯特在实际中并不存在的悬崖前的一跃②，因为这个地方让我第一次醒悟到，除弗赖塔格（Gustav Freytag）的《戏剧技术》(*Die Technik des Dramas*)的论述以外，舞台还有着其他的可能性。也许借批判分析这本书来阐发叙事剧的法则，并不是一个很坏的主意。在布莱希特和卡罗拉·内尔从勒拉旺杜乘车去马赛的路上，他们谈话中的一个地方也给我非常重要的启发。布莱希特希望观察人们的行为举止，给不同的人留下简短的记录。内尔好像最近正好在尝试这么做，布莱希特极力鼓励她坚持下去，建议她怎么想的就怎么写。

① 参见《科利奥兰纳斯》第 5 幕第 3 场。
② 参见《李尔王》第 4 幕第 6 场。

"最重要的是：不强行制造转折。否则所有记录立刻就失去了意义。"我相信，从这里不仅可以看出叙事剧的重要因素，也可以看出布莱希特为人的一些特点：所有那些得到报偿的活动和行为方式，都是他最提防、最努力避免的。——布莱希特为阐发叙事剧而对《罗密欧与朱丽叶》所做的评论非常奇怪。几年前施拜尔和我说起这部戏剧时认为：莎士比亚令罗密欧作为罗瑟琳最炽烈的爱慕者登场，是为了突显他其后为朱丽叶燃起爱火①，这真是极其大胆又非常有特色的手笔。布莱希特把他的说法修改得令人吃惊：罗密欧登场时不仅是最炽烈的，而且是最幸福的爱慕者，也就是说他已经全然精疲力竭，完全不占有一点点男性力量了。如果相信布莱希特的说法，那么这真就成了《罗密欧与朱丽叶》这部剧本的"叙事"主题：两人没有走到一起，尤其是没有身体的结合，这一幕众所周知没有发生，当时这对情侣只是怀着性欲，他们的事情坏就坏在，他们太过于追求、太过于迷恋这事。

6月21日。从马赛到巴黎路上的最后一天，我们在野外停下车来。布伦塔诺留在路边，我走上一座斜坡，躺到一棵树下。正好吹起一阵风，那是一棵柳树或者杨树，不管怎样，茂盛的树的柔韧枝条轻灵地摆动着。我凝望着树冠的摆动，突然想到，仅仅在一棵

---

① 参见《罗密欧与朱丽叶》1幕第1、2、5场。

树里，就有多少语言的图像和隐喻在栖居。枝条和树梢审慎地晃动着，不情愿地弯曲着，一到风起，树枝就随风飘动或上下摆动。树叶或抗拒着风的纠缠，或在风中颤栗，或向风迎去。树干立足在它坚实的地上，一片树叶把它的影子打在另一片上。

补充一条布莱希特对居住和对观念的思考：寄寓在旅馆中——想象生活是一本小说。

斯文堡 1934 年（其一）

7月4日。在斯文堡（Svendborg）布莱希特的病房里，昨天，围绕我的文章《作为生产者的作者》谈了很长时间。文中阐发的理论，评判文学的革命作用的关键标准在于技术进步的尺度，布莱希特倾向于认为只适用于唯一一类作家——大资产阶级作家，他把自己也算作这类作家。"这一类人，"他说，"实际在一点上与无产阶级的利益是一致的：让他们的生产资料继续发展这一点。既然他们在这一点上和无产阶级一致，他们在这一点上作为生产者就无产阶级化了，而且是毫无保留地无产阶级化。而在这一点上毫无保留的无产阶级化使他们处处与无产阶级团结一致。"我对贝歇尔①的教规训导的无产阶级作家的批评，在布莱希特看

---

① 贝歇尔（Johannes R. Becher，1891—1958），早年曾为表现主义诗人，德国共产党干部，在党内长期负责文艺工作。

来太过抽象。他试图通过他对贝歇尔诗作的分析以改进我的批评，他分析的是贝歇尔刊登在近期的官方无产阶级文学杂志上的诗作，诗歌题目是《我照直说……》（*Ich sage ganz offen...*）。布莱希特将这首诗一方面和他写给卡罗拉·内尔的论表演艺术的教育诗①作比较，另一方面和《醉舟》（*Le Bateau Ivre*）比较。"我教过卡罗拉·内尔不同的东西，"他说，"她不仅学会了怎么表演，她还跟我学过，比如说，人是怎么洗脸的。原先她洗脸是想洗了以后不再变脏，但这根本不对头。我就教给她，人是怎么洗脸的。结果后来她把这件事做得如此完美，以至于我想把她洗脸的动作拍摄下来。但是最后没拍成，因为我那时候还不喜欢摄影，而她也不希望在其他人面前做这个动作。那首教育诗是一个示范。每一个学习者都一定会将自己代入诗中的'我'的位置。而贝歇尔说'我'时，则是把自己——德国无产阶级革命作家联盟主席——当作榜样。只是没有人会有兴趣效仿这个榜样。人们只是从中读到，他对自己感到满意。"谈到这里，布莱希特还说，他长期以来都有意给不同的职业——工程师、作家——写一组这样的示范诗。——另一方面布莱希特还把贝歇尔的诗同兰波的诗作比较。他认为，兰波的诗会让马克思和列宁——如果他们可以读到——也对伟大的历史

---

① 布莱希特《给女演员 C. N. 的忠告》（*Rat an die Schauspielerin C. N.*）。

运动有所感触，他的诗就是伟大历史运动的一种表达。马克思和列宁很可能会发现诗中描写的不是一个男人离心的漫步，而是一个人无法再忍受阶级的桎梏而逃亡和流浪，他所在的阶级——随着克里米亚战争，随着在墨西哥的冒险——开始为了自己的商业利益开辟异国的土地。布莱希特认为，要把这无拘无束的、听凭偶然的摆布的、背对社会的流浪汉的姿态，纳入对一个无产阶级战士的规范化表现方式，是一件不可能的事。

7 月 6 日。布莱希特继续昨天的谈话："我经常在想象一场要我接受审问的法庭审判。'您对待文学真的是严肃的吗？'那我就得承认：我不是完全严肃的。我对艺术技巧，对什么有利于戏剧，都考虑得太多，对待文学不可能是完全严肃的。但是如果我对这个重要的问题回答了'不'，那我就得接着补充一个更重要的声明：我的态度是可允许的。"这番话肯定是他在谈话进行了一段时间以后才说的。一开始他并不怀疑他的做法是否被允许，或是他的做法有没有说服力。我评论豪普特曼（Gerhart Hauptmann）时他回了一句话："有时我想，他是不是就属于那仅有的几位真正有所成就的诗人，也就是说，本质诗人（Substanz-Dichter）。"布莱希特这里指的是对待文学完全严肃的诗人，为了解释他这个想法，他举例说设想孔子写了一部悲剧或者列宁写了一部小说。他认为，他们这么做会被当成不合适的、有失身份的举动。"想象一下，您读了一本出色的政治小说，然后得知它是列宁写的，那么您对这部小说和对列宁的看法都会发生变化，既不利于小说也不利于列宁的变化。孔子也不能写欧里庇德斯那样的剧本，否则会被认为有失身份。但是他使用譬喻就没问题。"简言之，这一切归根结底在于两种文学类别的区分：一种是幻想者的文学，文学之于他们是严肃的；一种是沉思者的文学，文学之于他们没那么严肃。现在我想向卡夫卡提这个问题，他属于这两种作者中的哪一种？我知道这是一个无解的问题。而正是这个问题的无解，在布莱希特看来，表明卡夫卡，这个他眼中的伟大作家，和克莱斯特（Heinrich von Kleist）、格拉贝或毕希纳（Georg Büchner）一样是一个失败者。卡夫卡的出发点实际上是譬喻，是寓言，他要为这种文体在理性面前争取一席之地，也正因此他的措辞不可能是全然严肃的。但是他的寓言还是要迁就于形式，扩展为小说。仔细考察可以发现，小说的萌芽，从一开始就包含在他的寓言里，他的寓言从来都不是完全透明的。而且布莱希特坚信，如果没有陀思妥耶夫斯基的宗教大法官和《卡拉马佐夫兄弟》里另外那个长老尸身散发腐臭的寓言段落，卡夫卡也找不到他自己特有的形式。在卡夫卡这里，寓言的因素和幻想的因素相互斗争。作为幻想者的卡夫卡，正如布莱希特所说，已经看见了将要来临的事物，却看不清要来临的究竟是什么。布莱希特和他先前在勒拉旺杜时一样强调，不过这次更加明白地向我强调，卡夫卡作品中预言的那一面。他说，卡夫卡有也只有一个难题，那就是组织的难题。令他惊悸的，是对蚂蚁王国的恐惧：人由于人共同生活的形式而自我异化。而且他已经预见到了异化的某些特定形式，比如格别乌①的做法。但是他没有找到什么解决办法，没有从他恐怖的梦中醒来。布莱希特说，卡夫卡的准确，是一个不准确的梦中人的准确。

7月12日。昨天下完象棋以后布莱希特说："呃，如果科尔施(Karl Korsch)来，那我们就得和他一起发明一种新棋。这种新棋里面，棋子的地位不是一直不变的，如果一个棋子在同一个地方停留了一段时间，那它的用途就要发生变化：要么变强，要么变弱。象棋不这样变化，它都是一个样儿太久了。"

7月23日。昨天米夏埃利斯(Karin Michaelis)来访，她正好刚从俄国旅行回来，充满激荡崇拜的感情。布莱希特回忆起特列季亚科夫带领他参观莫斯科的经历，特列季亚科夫对一切他指给客人看的东西，不管那是什么，都感到自豪。"这很不错，"布莱希特说，

① 格别乌(GPU)，国家政治保卫局，苏俄(联)在1922—1934年执行肃反和镇压反革命分子任务的秘密警察机构，后文的契卡即其前身。

"这说明这些东西属于他。人不会为别人的东西感到自豪。"过了一会儿他补充道："但是最后我有一些疲倦。我不可能，也不愿意欣赏所有东西。事情就是这样：那是他的士兵、他的卡车，但可惜不是我的。"

7月24日。布莱希特书房支撑房顶的横梁上，刷了一行字："真理是具体的。"窗台上摆着一只木刻的会点头的小驴子，布莱希特在驴身上挂了一块牌子，上面写着："我也要能懂。"

8月5日。三周以前我曾把我写卡夫卡的文章①交给布莱希特。他大概已经读了文章，但是从来没主动和我提起，而且两次在我有意问到时回答得闪烁其词。最后我悄悄把手稿又取了回来。昨天晚上他突然说起这篇文章。之所以有些突兀而莽撞地转到这个话题上来，是因为他评价说，我也没有完全免于尼采的日记写作风格，比如我写卡夫卡的文章——只从现象的层面探讨卡夫卡——把作品当作某种自己生长出来的东西，对书中人物也这样，剥却了他们所有的联系，甚至是和作者的联系。我写的东西，最后总是针对本质的质问。那么应该怎样着手探讨卡夫卡呢？应该以这样的问题切入：他做了什么？他怎样做的？首先要更

---

① 本雅明的《弗兰茨·卡夫卡——逝世十周年纪念》(*Franz Kafka：Zur zehnten Wiederkehr seines Todestages*)。

多地着眼于普遍性而非特殊性，那么显而易见的是：他生活在布拉格的新闻工作者和自命不凡的文人构成的糟糕环境中，在这个世界里，文学即使不是唯一的现实，也是最主要的现实，这一认识方式影响着卡夫卡的力量和软弱、他的艺术价值和他在许多方面的一无用处。他是一个犹太青年——就像人们也能造出"雅利安青年"这个概念——一个可怜的、不讨人喜欢的家伙，布拉格文化闪光的沼泽地上一个泡沫，仅此而已。但此外他身上还是有某些有趣的方面，可以拿出来谈谈。可以设想老子和他的学生卡夫卡之间有一段对话，老子说："呐，卡夫卡同学，你生活其中的组织、法和经济的形式，都已经变得让你感到阴森可怖？""是的。""你感到身处其中无从适应？""不适应。""一支股票也让你感到阴森可怖吗？""是的。""那么你需要的是一个元首，让你可以紧跟着他，卡夫卡同学。"这种态度当然是可鄙的，布莱希特说，在这一点上他拒斥卡夫卡。接着他谈到一个中国哲学家关于"有用之患"的譬喻："森林中有各种各样的树木，最粗壮的被砍下来造船，没那么粗但还美观的拿来做箱子和棺材，细弱的用来做杆子，但是弯弯曲曲的树木什么也做不了——它们免于有用之患。"①卡夫卡笔下的世界，就犹如这样一座森林，可以发现许多非常有用的东西。这里呈现的景象是不错的。但其余内容是故弄玄虚和胡话，应该置

---

① 可对照《庄子·人间世》。

之不理。人在深处就无法向前进。深度本身是一种维度，但也仅仅是深度——其中显现不出任何东西。"最后我告诉布莱希特，钻入深处，是我认识对立面的方法。我写克劳斯的文章①实际上就是这么做的。我知道，写卡夫卡这篇做得没这么成功，批评我陷入日记似的记录方式，我确实无从反驳。实际上我关心的是克劳斯和卡夫卡以不同方式划出的边缘地带。卡夫卡所划出的边缘地带，我仍然没有勘察清楚。这里面的确藏着许多废料和垃圾，许多纯粹的故弄玄虚——这我都清楚。但关键在于卡夫卡的其他方面，这些方面我的文章多少触及了一点。布莱希特的质疑，我必须用具体文本的解释来验证。于是我打开了《邻村》(*Das nächste Dorf*)，很快就发现我的提议令布莱希特陷入了矛盾之中。他绝对不同意艾斯勒的判断，即这个故事"毫无价值"，但是另一方面他也不能就它的价值说个所以然出来。"必须得仔细研究这个故事。"他说。然后谈话就中断了，已经十点，开始播报维也纳的广播信息。

8月31日。前天，围绕我写卡夫卡的文章激烈争论了很久。争论的起因是所谓我的文章助长了犹太法西斯主义的指控。指控认为我的文章加深而且扩散了笼罩在卡夫卡这个人物身上的黑暗，而不是驱散黑暗。

---

① 本雅明的《卡尔·克劳斯》。

应该做的正相反，是要照亮卡夫卡，也就是要从他的故事中提取并整理出实用的建议。哪怕只是因为他叙事口吻中高傲的沉静，也足以让人预期可以从他的故事中提取出建议。但是寻求建议，必须从今日困扰人类的极其普遍的弊端出发。布莱希特试图揭示出卡夫卡作品对这些弊端的反映，他的重点是《审判》。他认为，这部作品中蕴含的首先是对大城市永不停息又无法遏制的生长的恐惧。布莱希特说，由于他内心最深处的经验，他熟悉这一现象带给人的梦魇。人今天的存在形式令人陷入的一望无际的中介、依附、交错的关系，在大城市中表现出来，同时，又在人们对"元首"的需求当中表现出来，元首为小市民塑造出了这样一种形象，好像小市民能让他——在一个彼此推卸责任、任何人都不为他们负责的世界里——为他们的全部不幸负起责任。布莱希特将《审判》(Der Prozess)称作一部预言之书。"契卡会变成什么，可以从盖世太保上面看出来。"——卡夫卡的视角是被碾入轮下的人的视角。典型的如在奥德拉代克①那里，布莱希特将家长的忧虑解释为维持家庭生计的忧虑。小市民的生计注定每况愈下，他们的处境就是卡夫卡的处境。虽然今天最普遍的一类小市民——也就是法西斯主义者——决心以不服输的钢铁意志抵抗他们的环境，但是卡夫

---

① 奥德拉代克(Odradek)，卡夫卡短篇小说《家长的忧虑》(Die Sorge des Hausvaters)中的主要形象。

卡则无动于衷，他是明智的。法西斯主义者发扬英雄
主义的时候，他则报以疑问，问什么东西才能保障他
的处境。但是他的处境已经到了任何理性限度内的保
障都无法起效用的地步。这正是卡夫卡的反讽，他是
一个只相信所有保障都会失效的保险公司职员。此外，
他不加节制的悲观主义并不杂有任何悲剧的宿命感。
这不仅因为他只从经验出发预见到——但已是完全地
预见到——厄运，而且因为他以不可救药的幼稚，在
最无关紧要、最琐屑日常的事务中寻找最终成功的标
准，比如出差时上门拜访，或者到政府部门办
事。——有一段时间，谈话聚焦于《邻村》，布莱希特
认为：这个故事是阿基里斯追龟的反面，一个人如果
把他骑马的行程分割成至小的部分——不考虑意外事
故——他就永远也到不了邻村，那么一生对于这一段
路来说也太短了，但是这里的错误就在于"一个人"，
因为要分割骑行的话，就同样也要分割骑行者，如果
说一生的完整统一已经荡然无存，那么也就谈不上一
生的短暂，管它有多么短吧，这无关紧要，因为抵达
村子的人，已经不再是离开村子的人。——我自己则
给出如下的解读：生命的真正尺度是记忆。记忆闪电
般地回望，穿透了人的一生。它就像往回翻几页书一
样快地，从邻村回到了骑行者决定动身的地方。对于
生命已经变形成文字的人，比如老人而言，他们只想
从后往前翻阅这篇文字。只有这样他们才遇见自己本
人，也只有这样——通过逃离当下——他们才理解了

自己的一生。

9月27日，德拉厄（Dragør）。几天前一次晚上的谈话中，布莱希特说起，犹豫不决现在妨碍着他确定计划。他犹豫不决最主要的原因，是——他自己强调——他个人处境相对于大多数流亡者的优势。如果说他不太把流亡视为一般情况下事业和计划的基础，那么他本人和流亡的联系就更加微乎其微。他的计划铺得更广，包含了流亡之前的时期，因而他也面临着选择。一方面有散文要写，小篇幅的《魏》[①]——以文艺复兴时期历史学家的风格讽刺希特勒，长篇幅的《图伊小说》（Tui-Roman）。《图伊小说》计划百科全书式地全景再现图伊（知识分子）们的愚蠢，从目前的写作来看，它至少有一部分将以中国为故事背景。这部作品已经完成了初稿。除了这两个计划，一些很早以前的研究和想法也令他分心。他在着手叙事剧时产生的思考，在多事之秋依然记录在了《尝试》的注释和导言里，而他出自同样兴趣的其他思考，在一方面与列宁主义研究，另一方面与经验主义者的自然科学倾向结合起来以后，已经越出了原有框架的限制。这些思考多年以来不时被归类到不同的关键词下，比如非亚里士多德逻辑学、行为学说、新百科全书、观念批判等都曾交

[①] 布莱希特的《贾科莫·魏的故事》（*Die Geschichte des Giacomo Ui*）。本书中简称其为《魏》。

替成为布莱希特钻研的中心。这些不同的研究现在汇聚为对哲学教育诗的构思。而布莱希特则感到疑惑，他不知道——考虑到他至今的全部创作，特别是考虑到他作品中的讽刺内容，特别是《三毛钱小说》——他这样一部作品能否得到读者最基本的认可。他的疑虑中包含着两条不同的思考路径。他越是密切地关注无产阶级阶级斗争的问题和方法，就越对讽刺的态度尤其是反讽态度本身感到怀疑。这种怀疑毋宁说具有实践的天性，如果将它和其他更深层的怀疑混为一谈，就不可能理解它。更深层的怀疑关心的是艺术的技巧和游戏因素，尤其关心使艺术一时不受理智的左右的因素。布莱希特长期努力要在理智面前为艺术争取合法的地位，因而一再留意寓言这一文体。在寓言中艺术因素最终消失，才能证明艺术的精湛。而正是对寓言的钻研，现在表现出了激进的形态，考虑使用教育诗这一形式。在谈话过程中我试图向布莱希特说明，这样的教育诗在资产阶级读者那里，不如在无产阶级读者那里能站得住脚，无产阶级读者大概不大会从布莱希特之前的、部分带有资产阶级倾向的创作中，而是要从教育诗本身的教义和理论内容中找到自己的标准。"如果这首教育诗能够调动马克思主义的权威为自己所用，"我向他说，"那么您的早期创作也就难以撼动它的权威了。"

10月4日。昨天布莱希特启程去伦敦了。——无论是因为他时不时受了我的特殊影响，还是因为这些东西本身比原先更为显豁，他现在谈话时明显多出了很多被他本人称为他思维中的富煽动性倾向的东西。某些由这种态度产生的特殊词汇引起了我的注意，尤其是"小香肠"这个词，他喜欢用它来攻讦别人。在德拉厄时我正在读陀思妥耶夫斯基的《罪与罚》，他就把我患病的主要原因归结于读了这本书。为了强调这一点，他又和我说，他小时候身体里肯定早就埋下病根的慢性病之所以暴发，就是因为在一天下午，一个同学给他演奏了肖邦的钢琴曲，而他那时候太弱小，无法违拗那个同学的意愿。布莱希特认为肖邦和陀思妥耶夫斯基对健康都会造成灾难性影响。此外他还会用各种可能的办法，对我阅读的这本书发表意见，因为他自己当时在读《好兵帅克》，就不放过任何机会，来比较两个作者的价值。陀思妥耶夫斯基不能与哈谢克同日而语，直接就被算作了"小香肠"一类。布莱希特最近把所有缺乏解释清晰的性质的或他否认具有这一性质的文章，一概称为一团糨糊，这个说法差不多也可以沿用到陀思妥耶夫斯基的作品上。

斯文堡 1934 年（其二）

关于布莱希特论导演的笔记。（约在 1934 年。）

和柯林斯谈舞台布景。将坐在椅子上的思想者抬上舞台，而之后椅子必须空着继续留在台上。——白色投影屏幕之间的门，在《母亲》中要使人能越过门看见机器车间。但这扇门本身必须是紧闭的。内尔的装饰布置是最合适的，他能将舞台装饰出和素描草稿完全一致的效果。

在卡琳（·米夏埃利斯）那里看中国画。七组人和四十个人物。欢快的愤怒。新德国插图叙事作品集的榜样。格罗斯（George Grosz）的摄影展"希特勒的一生"。国会纵火案和审判。7 月 30 日。

小汽车。除了有目的的出行以外，不驾驶小汽车上路。小汽车的条件式。

和马格努斯谈话。他想在维也纳上演《屠宰场的圣约翰娜》，并提出了女主角的建议人选。布莱希特的拒绝：一种特定的风格是必需的，而这风格是极少数人才掌握的，需要经过长年的实验。但布莱希特又说，他的做法是给每一个配角一个机会，因此他给最小的角色也会写特别的登场，比如莱尼亚（Lotte Lenja）和许多由此成名的演员，他们的名声都源起于布莱希特为他们所写的小花絮。

他打扑克牌时的举止。

斯文堡　1936 年

和布莱希特谈论写书计划。（约在 1936 年。）

1. 一部文集，包含：奥斯曼（Georges-Eugène Haussmann）；对梅林的战争史的研究；列斐伏尔所论述的古代奴隶制的终结。

2. 美的理想是不诚实的；美的标准不允许把结论归结到性上面去；古代在这个问题上的优越之处；布莱希特向我介绍他在《三毛钱小说》中塑造波莉·皮丘姆这个形象的做法。她的绰号"桃花"的含义。——社会满足对性爱造成的影响：一个男人卖力追求一个冷若冰霜的女人，是为了显示，即使是不可接近的他也能够赢来；男人觉得能不能征服一个职业女性使她和他发生关系，是对自己的考验。这个姑娘之所以无力抵抗恶棍的哄骗，要归结于她可以给麦奇思带来的利益。"让一个和化学分子式打交道的女人快活地像母猪一样嗷嗷直叫，是比征服一个家庭妇女更重大的成果。"

3. 一部讽刺著作：人完全不知道的东西，没有谁会和一个人说的东西，人应付生活的装备是多么差劲。人总是说他知道的，而他知道的东西是不确定的，而且通常是无聊的。如果人说起他不知道的东西，这才是确定的，而且通常是有趣的。

4. 一部关于腐败的历史，要论证的论点是：没有腐败就没有文明。

斯文堡　1938 年

6 月 28 日。我置身于一座阶梯迷宫之中。这座迷宫有的地方头顶上就是天空，我向上攀登，其他的台阶通向深处。在一处阶梯拐弯的地方，我发觉我已经站到了最高点上，各处的地形尽收眼底。我看见其他峰顶上站着其他人，其中一个人突然感到晕眩，摔了下去。晕眩传染开来，其他人也从峰顶坠入深渊。当我突然也感到晕眩时，我醒了过来。

6月22日我来到布莱希特这里。

布莱希特指出维吉尔和但丁风度里的优雅和洒脱，他把这称为维吉尔的底色，衬托出了维吉尔的高贵姿态。他将二人称为"漫步者"。——他强调《神曲·地狱篇》的经典地位，说："这本书可以在树林里读。"

布莱希特说起他根深蒂固的、从祖母那里继承来的对教士的恨。他暗示说，那些把马克思的理论学说变成自己的财产而掌控的人，总是组成一个教士的奸党。马克思主义太过易于受"解释"左右，它已经有百年的历史了，结果证明……（谈到这里我们被打断了。）"'国家应该消亡。'这是谁说的？国家。"（这里他指的国家只能是苏联。）他摆出一副狡猾鬼祟的模样，站到我坐着的椅子前面——他在模仿"国家"——斜眼朝着一边，好像那里有人在听他说话："我知道，我应该消失。"

谈苏联最近的小说文学，我们已经不关注苏联小说了。接下来谈到诗歌，苏联从各门语言翻译的诗歌太多，快要把《言论》①湮没了。布莱希特认为，那里的

---

① 《言论》（*Das Wort*），1936—1939年在莫斯科出版的德语流亡者文艺月刊。布莱希特是出版人之一，本雅明、卢卡奇等人参与过撰稿。众多德语作家、理论家曾就现实主义和表现主义的问题在这本杂志上发表过讨论文章，是为"表现主义论争"。

诗作者处境艰难。"如果一首诗里不出现斯大林的名字，就要被解读成别有用心。"

6月29日。布莱希特谈起叙事剧，提到儿童的演出中，表演出错会起到陌生化的效果，给演出带来叙事的特征，而草台班子也有类似的情况。于是我想起《熙德》在日内瓦的演出，我瞥见歪歪斜斜戴在国王头顶的王冠时所立即产生的联想，九年以后写在了我关于悲苦剧的书[1]里。布莱希特则举出他叙事剧的想法产生和确定的瞬间。那是《爱德华二世》[2]在慕尼黑的一次排演。剧里的一场战役要在舞台上演三刻钟的时间。布莱希特无法让士兵们演好。（阿西娅[3]，他的导演助理，也不行。）他最后向那时和他非常要好的也在排演场地的瓦伦丁（Karl Valentin）求助，绝望地问道："到底应该拿这群士兵怎么办？他们到底应该是怎么样的？"瓦伦丁："他们脸色苍白——他们心里害怕。"这句提示是关键的，布莱希特继续补充："他们疲惫不堪。"士兵们的脸上涂上了厚厚的白粉，表演风格就在这一天

---

① 本雅明的《德意志悲苦剧的起源》（*Der Ursprung des deutschen Trauerspiels*）。

② 《爱德华二世》（*Leben Edwards des Zweiten von England*），布莱希特以英国作家马洛同名剧本为底本，于1923—1924年创作的戏剧，1924年首演于慕尼黑。

③ 阿西娅（Asja Lacis，1891—1979），拉脱维亚女演员和导演，布尔什维克党党员，20世纪20年代长期在德国从事戏剧工作，先后结识了布莱希特和本雅明，并促成了二人的相识。

得以确定。

接下来谈老话题"逻辑实证主义"。我相当固执于自己的观点，谈话眼看就要陷入尴尬的气氛。布莱希特破天荒地坦白承认自己的表述是肤浅的，避免了不愉快局面的出现。他的坦白也是一句妙语："深层的需求要从浅处入手。"随后我们去他家——因为谈话是在我这里——"在撞上反动的年代时采取极端的立场，这样才算站在中间位置上。"布莱希特说，这就是他的做法，这使他变得温和。

晚上，我想找人转交给阿西娅一件小礼物：一副手套。布莱希特认为这会有麻烦，可能让有的人以为这双手套是对阿西娅情报工作的酬劳。

7月1日。只要我提及俄国的局势，就会得到令人疑惑的回答。我最近曾打听过奥特瓦尔特①是否还在牢里，得到的回答是："如果他还能在牢里，那他就在牢里。"昨天施台芬（Margarete Steffin）则认为，特列季亚科夫应该已经不在人世了。

7月4日。昨晚，布莱希特（在谈论波德莱尔时）：我不反对反社会的事物（das Asoziale）——我反对非社

---

① 奥特瓦尔特（Ernst Ottwalt，1901—1943），德国作家，布莱希特和本雅明的朋友，1929 年加入德国共产党，流亡苏联后于 1936 年被捕。

会的事物（das Nichtsoziale）。

7月21日。卢卡奇、库莱拉①等人发表的文章给布莱希特提出了不小的难题。但是他认为，不应该在理论领域迎击他们。我转而聊起政治领域的问题，他也毫不隐瞒自己的观点。"社会主义经济不需要战争，因此它不能与战争相容。这一点，也只有这一点，才是'俄国人民热爱和平'这种表述的原因。不存在一国之内的社会主义经济。扩军备战已经使得俄国无产阶级无可避免地严重倒退，甚至部分倒退到早已过时的历史发展阶段，比如君主制阶段。俄国现在是个人统治，这一点只有榆木脑袋才会否认。"这番短暂的谈话很快被打断了。——布莱希特谈这个问题时还强调，马克思和恩格斯随着第一国际的解散，被甩出了工人运动的活动网络，此后只能向个别领袖提建议，甚至是私人的，并不会公开的建议。恩格斯最后转向自然科学研究，虽然令人惋惜，也不是什么偶然的事。

布莱希特说，库恩②是在俄国最欣赏他的人，他和海涅是库恩唯独偏爱的两位德国诗人。（布莱希特偶然曾暗暗提及中央委员会里有支持他的某位人物。）

---

① 库莱拉（Alfred Kurella，1895—1975），德国作家，德国共产党干部，青年时代与本雅明结识。
② 库恩（Bela Kun，1886—1939），匈牙利共产党创建者之一，1920 年以后在共产国际任职。

7 月 25 日。昨天上午布莱希特来我这儿串门，给我送来他写斯大林的诗，题目是《农民致公牛》(*Der Bauer an seinen Ochsen*)。一开始我没理解这首诗是什么意思，转而想到它是写斯大林的，我都不敢就这个想法再多想。这样的效果差不多也是布莱希特的意图，他随即谈起了这首诗的阐释。他特别强调这首诗中的积极因素，这首诗确确实实是敬献给斯大林的——斯大林在他看来有着丰功伟绩。但是斯大林还没有过世，而他自己正在流亡中等待着红军来解放，也就不适合用其他更为激情澎湃的形式来致以敬意。他关注着俄国的发展，也同样关注托洛茨基的著作。托洛茨基的著作证明有质疑存在，而且是合理的质疑，要求人们怀疑地考察俄国的事物。这种怀疑是马克思主义经典作家意义上的怀疑主义，如果有朝一日怀疑被证实了，那人们就必须与这个政权作斗争——而且是公开斗争。但是这种怀疑"不幸也好，万幸也好"，今天还不确定，基于怀疑制定出的托洛茨基那样的策略就并不合理。"另一方面，毫无疑问的是，俄国国内本身正在形成某些罪恶的帮派，这从他们一再犯下的罪行也可以看得出来。"最后布莱希特强调，我们尤其苦于内部的反动倒退。"我们已经为我们的立场付出了代价，我们现在浑身伤疤，自然我们也就尤其敏感。"

傍晚布莱希特来花园里找我，看到我在读《资本论》。布莱希特："您现在研读起了马克思，我觉得这很好——当人们，特别是我们的人，越来越少地走向马克思的时候。"我回答说，我最喜欢等令人议论纷纷的书过气以后再读它。我们谈起俄国的文学政策。"这帮人，"我说，指的是卢卡奇、加博尔①、库莱拉，"根本做不出什么东西。"②布莱希特："或者说，他们只能做出一个国家，而做不出一个共同体。他们恰恰是生产创作的敌人，生产创作令他们心生恐惧，生产创作是不可预见的，不能信任它，也永远不知道它会产生出什么东西。这些人自己不愿意生产，而希望当监工监督其他人。他们提出的任何批评都包含着一种威胁。"——不知怎么地，我们又谈到歌德的小说。布莱希特只熟悉《亲合力》，他说他欣赏书中流露出的青年男性的优雅。当我告诉他，歌德写这本书时已经六十岁了，他非常吃惊。他认为这本书丝毫没有庸俗市民的气息，这是了不起的成就。他说他对这一点有着切身体会，因为德国戏剧，即使是最杰出的作品中，依然有庸俗市民的痕迹。我评论说，与此相应的是读者对《亲合力》的接受，反响寥落。布莱希特："不被接受才让我高兴——德国人是一个狗屁民族。说不能把对希特勒的结论类推到德国人身上，这是不对的。我自己也是，身上所有德意志特性的东西，全都是坏的。德国人身上最不可忍受的一点是他们狭隘的独立观，

---

① 加博尔（Andor Gábor，1884—1953），匈牙利作家，共产党员，曾在德国长期工作，1934 年后流亡苏联。

② 原话字面意是："根本做不出一个国家。"故有布莱希特接下来的文字游戏。

帝国自由城市之类的东西，比如奥格斯堡这个狗屁城市，其他地方是没有的。里昂从来不是自由城市，文艺复兴时代的独立城市是城市国家。——卢卡奇是自愿选择做的德国人，他身上没有沾染一丁点儿气息。"

布莱希特夸奖西格斯（Anna Seghers）的《强盗沃伊诺克最美的传说》（*Die schönsten Sagen vom Räuber Woynok*），认为这本书让人看到西格斯不受任务的约束。"西格斯不能根据一项任务来生产创作，正如我没有任务就完全不知道应该如何写作。"他还夸奖这本书以一个愣头青、独行怪客作为主人公。

7月26日。布莱希特昨天晚上："毋庸置疑的是——反对意识形态本身已经变成了一种新的意识形态。"

7月29日。布莱希特给我读了好几篇与卢卡奇论辩的文章，讨论了他将在《言论》杂志发表的一篇论文。文章里是隐蔽而又激烈的攻击。布莱希特就发表的问题询问我的建议。因为他同时告诉我，卢卡奇如今"在上头"有不容小觑的地位，所以我对他说，我给不了他建议。"这是一个权力问题，得有上头的什么人表态。您在那儿可是有朋友的。"布莱希特："其实我在那儿没有朋友。而且莫斯科那些人也没有——就像死人一样没有。"

8月3日。傍晚，在花园，谈起要不要把《儿歌》（*Kinderlieder*）系列的一部分收入新的诗集①，我反对这么做，因为政治诗和个人抒情诗之间的反差可以将流亡的经验异常鲜明地表现出来，不应该用另一个不相干的系列削弱这一反差。我暗示说布莱希特的想法再度暴露了他性格中具解构性、破坏性的一面，即把快要实现的东西重新推倒。布莱希特："我知道，有人说我是狂躁症。如果这个时代的故事流传到后世，那么对我的狂躁的理解也会流传下去。时代给出了我狂躁的背景。但我真正希望的是，有一天别人要这么说我：他是一个中度的狂躁症。"——中度在于认识到尽管有希特勒生活还是继续，认识到世界上总是永远有孩子，这些认识不应该在诗集中只有寥寥几笔提及。布莱希特想象有一个"无历史时期"。他在写给美术家的一首诗②中描述了这个时期的景象，写完此诗后几天，他和我说，这个时期的到来比战胜法西斯更有可能。但是接着布莱希特站在我面前的草坪上，以他罕见的激烈态度又补充了一点，论证应该把《儿歌》收入"流亡诗"中。"在和他们作斗争时我们不可以忽略任何东西，他们不把任何小东西放在眼里，他们制订的计划跨越三千年之久，太惊人了，惊人的犯罪，什么都

---

① 布莱希特的《斯文堡诗集》，1939 年出版于伦敦。

② 布莱希特的《给美术家的忠告：他们的艺术品在即将到来的战争中的命运》》（*Rat an die bildenden Künstler，das Schicksal ihrer Kunstwerke in den kommenden Kriegen betreffend*）。

不能让他们止步，他们向一切发起攻击，每一个细胞都因他们的击打而悸动，正因此我们千万不能忘记任何事情，他们把母亲身体里的婴儿肢解，无论如何我们都不能忽略孩子。"他说这些话时，我感到一股可与法西斯主义相抗的力量灌注进我的身体。我想，这股力量相比于法西斯主义是从历史的更深处迸起的。于我而言这是十分奇怪的全新的感受，而布莱希特的话接下来的转折又加深了这种感受。"他们计划的毁灭范围惊人，因此他们与统治了千年的教会无法相容。他们将我无产阶级化，他们不只是剥夺了我的房子、我的鱼塘、我的汽车，他们还夺走了我的舞台和我的观众。在现在的处境里，我不能心服口服地承认莎士比亚有着本质上更伟大的才华。莎士比亚也不是靠他的存货来写作的，他的角色就在他眼前，他要表现的人物满街都是。他只是努力地从人物举止中捕捉到一些特质，而许多其他同样重要的特质，他却放过了。"

8 月初。"俄国实行着**对**无产阶级的专政。只要这专政仍然为无产阶级做实际工作——也就是说，只要专政有利于平衡无产阶级和农民阶级，并主要维护无产阶级的利益，那么就要避免与这种专政决裂。"几天以后布莱希特说起"工人君主制"，我将"工人君主制"比作荒诞的自然物，比如从深海打捞起来的长角的鱼或其他形状的怪兽。

8 月 25 日。一条布莱希特的格言：不要承接好的旧事物，而要承接坏的新事物。

［关于布莱希特的笔记］
1938 年年末或 1939 年

布吕歇尔①很有道理地指出，《城市居民读本》中的某些要素不是别的，正是在描述格别乌的实践。这个说法从一个与我的观察角度相反的角度证实了，《城市居民读本》这组诗具有我暗示过的预言性质。实际上这组诗的相关段落中所影射的行为方式，正是俄共最恶劣的因素和纳粹最凶狂的因素的共通之处。布吕歇尔反对我对《城市居民读本》第三首的评论，他是对的。并不是希特勒将诗中所描述的实践行为施加到犹太人而非剥削者的头上，才在行动中散播开虐待狂的因素，虐待狂的因素本身就包含在布莱希特所描写的"剥夺剥夺者"之中。全诗结尾多出的那句"我们这样对我们的父亲说"，更严格地证明了，诗中的剥夺剥夺者，不是为了无产阶级的利益，而是为了更强大的剥夺者，也就是年轻一代剥夺者的利益。结尾这句话泄露了这首

---

① 布吕歇尔（Heinrich Blücher，1899—1970），德国学者，曾属于德国共产党内的左派反对派，1933 年逃亡国外，最后到了美国。

诗和布龙宁①态度暧昧的表现主义团伙的同谋关系。——或许还可以设想，如果布莱希特有和革命的工人运动的联系，或许就不会用诗歌美化格别乌给工人运动带来的危险而严重的后果。——无论如何那篇评论写成当时那个样子，是在虔诚地伪装，是在遮掩布莱希特也对上述进程负有的连带罪责。

---

① 布龙宁（Arnolt Bronnen，1895—1959），青年时代结识本雅明，20 世纪 20 年代与布莱希特交往甚密，后成为纳粹分子。

图书在版编目（CIP）数据

试论布莱希特/（德）瓦尔特·本雅明著；曹旸、胡蔚译.
—北京：北京师范大学出版社，2021.5
（本雅明作品系列）
ISBN 978-7-303-26951-8

Ⅰ.①试… Ⅱ.①瓦… ②曹… Ⅲ.①布莱希特（Brecht,
Bertolt, 1898—1956）-戏剧文学-文学研究 Ⅳ.①I516.073

中国版本图书馆 CIP 数据核字（2021）第 078907 号

营　销　中　心　电　话　　010-58808006
北京师范大学出版社谭徐锋工作室微信公众号　　新史学 1902

SHILUN BULAIXITE

出版发行：北京师范大学出版社　www.bnup.com
　　　　　北京市西城区新街口外大街 12-3 号
　　　　　邮政编码：100088
印　　刷：鸿博昊天科技有限公司
经　　销：全国新华书店
开　　本：890 mm ×1240 mm　1/32
印　　张：5.875
字　　数：106 千字
版　　次：2021 年 6 月第 1 版
印　　次：2021 年 6 月第 1 次印刷
定　　价：59.00 元

策划编辑：谭徐锋　　　　责任编辑：曹欣欣　于东辉
美术编辑：王齐云　　　　装帧设计：王齐云
责任校对：段立超　　　　责任印制：马　洁